KiWi
1888

DAS BUCH

Bei einer Jahrhundertsturmflut an der friesischen Nordseeküste bricht der Deich. Unter den Todesopfern ist Hauke Haien, der Erbauer des Deichs, seine Frau – und scheinbar auch ihre vierjährige Tochter Wienke. Iven Johns, der Knecht der Familie, setzt sich nach Hamburg ab und beginnt ein neues Leben. Doch fünfzehn Jahre später taucht plötzlich Wienke auf bei ihm. Sie will von ihm wissen, was wirklich in jener Sturmnacht passiert ist. Warum mussten ihre Eltern sterben? Wie hat Iven ihr Leben gerettet? Und warum hat er es geheim gehalten? Iven beschließt, mit Wienke zu dem Ort hinter dem Deich zu fahren und Lichts ins Dunkel der Todesnacht zu bringen. Doch die Dorfbewohner mauern: Niemand will über die Vergangenheit sprechen. Und dann wird Wienke bedroht – die eigentlich nicht mehr leben dürfte …

DIE AUTOREN

Andrea Paluch, geboren 1970, lebt und arbeitet als Schriftstellerin in Flensburg.

Robert Habeck, geboren 1969, arbeitete als Schriftsteller und veröffentlichte zahlreiche Bücher, bevor er Politiker wurde.

ANDREA
PALUCH

ROBERT
HABECK

HAUKE HAIENS TOD

ROMAN

Kiepenheuer
& Witsch

DIESER ROMAN WURDE VON SEPTEMBER BIS DEZEMBER 1999 IM BRECHT-HAUS, SVENDBORG, FERTIG GESTELLT.

Wir, in unserm Alter, wollen wissen,
Dass der Weg nun wieder rückwärts führt. –
Glücklich, wer den freien Drang noch spürt,
Das Getrunkne über Bord zu pissen.

JOACHIM RINGELNATZ,
KOPF HOCH, MEIN FREUND!

1

Seit drei Tagen saß der Hamster neben dem Laufrad. Er hockte in den Sägespänen und blinzelte nicht einmal, als sie ihn aus dem Käfig nahm. Sein Körper schmiegte sich warm in ihre Hand. Sie fühlte seinen Herzschlag durch das dünne Fell. Die nasse Nase stupste gegen ihre Lippen, als sie ihn küsste. Dann schloss sie ihre Finger um seinen Hals und drückte zu. Die Barthaare begannen zu zittern. Sie hielt den Körper fest, sodass er nicht zappeln konnte. Sein Genick brach mit dem Klack eines Pfennigabsatzes auf Fliesen.

Der erste Schnitt öffnete die Bauchdecke. Warm quoll das Blut über ihre Hand ins Waschbecken. Mit dem Zeigefinger entfernte sie die Innereien. Dann band sie die kleinen Krallenhände der Hinterbeine zusammen und hängte den toten Hamster am Handtuchhalter auf. Mit einem Rasiermesser trennte sie das Fell von dem Muskel der Schenkel und zog es mit kurzen ruckartigen Bewegungen über die Ohren. Sie schabte die wenigen Fettflecken ab, spannte die Haut mit Reißzwecken und hängte sie ins offene Fenster. Den blutigen Fötus steckte sie zusammen mit den Innereien in eine Plastiktüte und warf sie in den Müll.

2

Als Iven Johns im Morgengrauen nach Hause kam, lag Iris bereits im Bett und las. Iven hatte ihr vor drei Wochen einen Wohnungsschlüssel gegeben. Davor musste sie im Treppenhaus warten, bis Iven Feierabend hatte.

Die Leselampe stand neben Iris auf der Matratze. Iven schälte sich aus dem zu engen Smoking und massierte sich den Abdruck, den der Gummizug seiner Socken auf der Haut hinterlassen hatte. Iris schob das aufgeklappte Buch unter das Bett.

Als sie miteinander schliefen, verbrannte sich Iven an der heißen Glühbirne die Haut über dem Steiß. Die Lampe krachte auf den Fußboden. Er fluchte und rollte zur Seite. Iris tätschelte seine Pobacken.

»Es riecht nach Schmorbraten.« Sie drehte sich zur Wand und schlief ein.

Als Iven aufwachte, brannte die Leselampe noch

immer. Unter seiner Haut wuchs eine blutige Brandblase.

Er hörte die Dusche im Kabuff neben der Kochnische rauschen. Dann verstummte das Wassergeräusch, die Tür ging auf und die nasse Iris tropfte zu dem Stuhl, über dem ihre Wäsche hing. Eine dampfende Schwade schwappte mit ihr in den kleinen Raum und machte die Luft schwer und stickig. Iven sog den Wasserdampf tief durch die Nase ein und atmete den Geschmack sauberer Haut wieder aus.

Iris wusch sich immer mit Kernseife. Jedes Jahr schenkte Iven ihr zum Geburtstag ein teures parfümiertes Duschgel. Sie sagte ihm nie, dass sie die Duftkonzentrate nicht mochte. Deshalb kaufte er ihr seit elf Jahren regelmäßig andere Sorten und war doch froh, dass sie nicht benutzt wurden.

Er sah zu, wie Iris sich anzog. Entweder beachtete sie ihn absichtlich nicht oder sie nahm an, dass er noch schlief. Sie blickte nie zu ihm herüber. So oft hatte er schon beobachtet, wie sie ihre Strümpfe über die Knie streifte und sich die Haare aus der Stirn pustete, wenn sie sich aufrichtete, wie sie das Top nahm und flüssig über die gestreckten Arme gleiten ließ, dass jede ihrer Bewegungen ihm vertraut war.

Iven wartete jedoch vergeblich auf das Klicken der ins Schloss fallenden Tür. Stattdessen hörte er ihre Schritte wieder näher kommen. Schnell schloss er die Augen. Iris sprach ihn an.

»Iven. Da ist jemand für dich.«

Iven machte die Augen nicht auf und überlegte, was sie wohl meinen könnte. Schließlich fiel die Tür doch ins

Schloss, lauter als sonst. Iven hörte jemanden atmen. Er öffnete die Augen. Iris war weg. Eine Fremde stand vor dem Bett. Sie war um die zwanzig, hager, hatte strohblonde Haare, die zu einem Dutt zusammengefasst waren, und trug einen alten Ledermantel mit Pelzbesatz, obwohl diese Maitage ungewöhnlich warm waren. Auch ihre Schuhe waren pelzbesetzt. Sie bewegte sich nicht und starrte ihn unentwegt an, während Iven sie aus seinem Bett heraus musterte. Möwenaugen, die auf ihn geheftet waren. Solange Iven still lag, schlossen sich die Lider nicht ein einziges Mal. Erst als Ivens Brandblase zu jucken anfing und er sich aufsetzte, blinzelte sie.

»Guten Morgen, Vater.«

3

Eine Silbermöwe setzte sich vor Iven auf einen morschen Holzpflock, an dem in Zwanzig-Zentimeter-Abständen drei neue Stromdrähte mit Krampen angenagelt waren.

Iven nestelte an seinem Hosenschlitz. Im Windschatten des Deiches war es so still, dass er den Zaun summen hörte. Die Möwe starrte ihn aus ihren schwarzen Augen an. Ihr Blick folgte ihm, als Iven den Sandstreifen neben dem Plattenweg am Passat vorbei ging. Eine schmale Treppe aus Waschbeton führte auf die Deichkrone.

Im öligen Morgenlicht schwamm das Meer. Das Wasser lief auf und gelbgraue Wellen leckten bereits am Vorland. Die Lahnungen waren bereits überspült.

An der Wassergrenze trotzten vereinzelte Strandnelken dem Saum der Flut. Es verhieß angeblich Unglück, wenn der Seewermut zu früh blühte. Der Deichschatten reichte bis zu den letzten nicht überschwemmten Pfahlreihen und Reisigpolstern. Die Luft war klamm und die Nordsee still wie zerlassenes Blei.

Die Möwe, die ihm beim Pinkeln zugesehen hatte, stand nun reglos über ihm. Iven bückte sich und warf einen Stein nach ihr, der sie um einiges verfehlte. Er war aus der Übung.

4

Die Brandblase nässte. Iven stockte nur kurz, als die Fremde ihn Vater nannte. Der Abstand zwischen dieser Anrede und Ivens noch trägem Morgenhirn war zu groß, als dass er ihn überwinden konnte. Ächzend stemmte er sich aus dem Bett, um die Frau hinauszuwerfen.

Mit einer Hand hielt er sich das Kissen vor die Lenden und konnte sie so bloß mit seiner Linken packen. Ihr Oberarm war sehnig und muskulös. Obwohl sie mager und zerbrechlich wirkte, befreite sie sich mit einer ruckartigen Drehung und trat einen Schritt zurück.

»Warum hast du mich ins Heim gebracht?«

Verblüfft über die Kraft, mit der sie sich aus seinem Griff gewunden hatte, konnte er ihrer Frage nicht ausweichen.

»Wie heißt du?«

»Elisabeth Schmidt.«

Iven schluckte. Er hatte anfangs häufig an sie gedacht. Dann fing er an, sie zu vergessen. Zunächst mit schlechtem Gewissen, dann vergaß er auch das.

Jetzt war sie wieder da.

Er suchte in ihr das Mädchen von früher. Im demsigen Licht hinter den zugezogenen Gardinen schien ihr Gesicht fahl. Sie war auffällig hellhäutig, ihre Nase schmal, ein schräger Schatten über einem breiten Mund, dessen zusammengepresste Lippen fast weiß waren. Von ihrem Vater hatte sie die Farblosigkeit, das aschblonde Haar und die eisgrauen Augen, von ihrer Mutter die Form des Gesichtes geerbt, die hohe Stirn, die hervortretenden Wangenknochen, das kantige Kinn und die langen Finger.

Im Missverhältnis zwischen der zähen Robustheit und der schwindsüchtigen Schwächlichkeit erkannte er das empfindsame, verletzliche und doch spröde und abweisende Wesen des Kindes wieder.

Iven rechnete nach, wie lange es her war, dass er sie nach Hamburg gebracht hatte. Damals, als er mit dem schlafenden Kind im Auto gegen die Regenwände anfuhr, war sie vier gewesen. Zu jung, um sich an das zu erinnern, was sie zurückgelassen hatten. Sie konnte erst recht keine Erinnerung an ihn haben. Jetzt musste sie neunzehn Jahre alt sein. Wahrscheinlich wohnte sie schon längst nicht mehr im Waisenheim, sondern war in eine Irrenanstalt gesteckt worden.

»Ich bin nicht dein Vater. Verschwinde!«

Sie reagierte nicht, sondern stierte ihn nur unentwegt an. Er redete mit einer Verrückten.

Als Kind konnte sie Stunde um Stunde das Gleiche tun. Ganze Tage saß sie am Fenster der alten Trina Jans, ohne dass ihr langweilig wurde. Wenn sie redete, stellte sie merkwürdige Fragen. Sie wollte wissen, ob das Meer Beine hat und wieso die Flut schwarz ist.

Mit der alten Hebamme unterhielt sie sich in einer Sprache, die niemand verstand. Als Trina Jans schließlich starb, kam das Kind zu Iven und wollte wissen, wie sich der Tod anfühlt.

Iven fasste sie nicht wieder an. Er raffte seine Sachen vom Fußboden und begann, sich umständlich anzuziehen. Als er den Overall hochzog, rutschte sein T-Shirt in den Reißverschluss, der sich sofort in dem Stoff festbiss. Iven zerrte am Zipper. Plötzlich stand die Frau dicht vor ihm und hielt das T-Shirt fest, sodass er die Zähne aus dem Stoff drehen konnte.

»Mensch, hau ab, hab' ich gesagt!«

Zwar ließ sie das T-Shirt los und ging wieder auf Abstand, aber sie blieb. Sie folgte Iven, als er die Treppe zum Auto hinunterging, und als er einstieg, kletterte sie auf den Beifahrersitz.

Während Iven arbeitete, saß sie auf dem Sockel mit den Zapfsäulen und schaute ihm zu, wie er einen Blechschaden lackierte. Ein einziges Mal stand sie auf. Iven sah sie in der Telefonzelle eine Nummer von einem Zettel abtippen.

Als seine Schicht an der Kasse begann, setzte sie sich auf einen Campingstuhl neben der Eistruhe. Die ganze Zeit sagte sie kein Wort, aß nichts, trank nichts, ging nicht aufs Klo. Ivens Kollege frotzelte. Aber Iven hatte sich schon mit der stillen Anwesenheit der Frau neben der Gefriertruhe abgefunden.

Auf einmal war sie weg. Die Autos stauten sich bis auf die Straße zurück und durch die Zapfsäulen zwängten sich gereizte Geschäftsleute. Ein paar Minuten lang war Iven abgelenkt. Als er wieder aufsah, war der Stuhl leer. »Wie lange noch?«

Er fuhr herum. Sie stand hinter ihm und zeigte mit dem ausgestreckten Arm auf die Uhr, die an der Wand hing.

»Bis neun.«

»Wie lange ist das?«

Jetzt hatte er den Salat. Sie konnte noch nicht einmal die Uhr lesen. Er zeigte ihr die Neun.

»Der große Zeiger muss noch dreimal im Kreis gehen.«

»Dreimal«, wiederholte sie tonlos und setzte sich wieder auf den Stuhl neben der Eistruhe.

Punkt neun stand sie auf und ging zum Auto. Wie selbstverständlich erwartete sie, dass er ihr die Beifahrertür aufschloss.

»Du bist echt 'ne Nervensäge.« Iven blickte in den noch immer dichten Verkehr, konnte sich aber nicht auf die Straße konzentrieren. Er hielt auf dem Standstreifen vor einer Wurstbude.

»Willst du was?«

Sie reagierte nicht.

»Dann nicht.«

Er kaufte eine Currywurst und ein alkoholfreies Bier. Dann setzte er sich wieder ins Auto. Sie sah die Wurst und fuhr sich mit der Zunge über die spröden Lippen.

»Darf Elisabeth die essen?«

»Erst willst du nichts, dann frisst du mir mein Abendbrot weg.«

Die Frau kramte in einer ihrer pelzigen Manteltaschen und drückte Iven einen unbenutzten Hundertmarkschein in die Hand.

»Was ist das?«

»Geld für die Wurst.«

Iven steckte ihr den Schein in die Tasche zurück, stieg aus und kaufte noch eine Wurst.

Sie saßen im Auto und die Pelle knackte beim Abbeißen. Die Frau kicherte. Ein Rinnsal Bratfett lief ihr über das Kinn. Iven musste grinsen.

Weiter draußen sah man jetzt einen Krabbenkutter, dessen Schleppnetze an den Kurrbäumen aussahen wie gebrochene Vogelflügel. Ein Pulk Möwen stob um das Boot. Aber der Wind raubte dem Bild das Kreischen.

Iven ging vom Deich hinunter zum Parkplatz.

Die Silbermöwe stand unbewegt in der Luft über ihm und lachte ihr raues Kwerr Kwäp.

5

Am Ortsausgang passierte er das Schild der Seehundaufzuchtstation. Iven fuhr durch Büsum zurück auf die Landstraße. Er nahm den Weg über Wesselburen und das Katinger Watt, um hinter Tönning auf die B 5 zu kommen.

Jetzt ärgerte er sich, dass er zum Pinkeln extra an den Deich gefahren war. Der ganze Umweg für eine hämische Möwe. Er schnaubte durch die Nasenlöcher, schluckte seinen bitteren Speichel hinunter und trat das Gaspedal durch.

Rechts und links zogen Äcker vorbei. Schlammreihen, die einmal zu Kohlfeldern werden sollten, Bohnen, die gerade gelegt worden waren, Raps, der noch nicht gelb war. Abseits der Straße erhoben sich trotzig die wuchtigen Reethäupter der Haubarge, deren Heuvorrat nun aufgebraucht war. Das Vieh war bereits auf der Weide. Auf dem Turbinenhäuschen des Eidersperrwerks hatte ein Weißstorchpärchen sein Nest gebaut. Der Tunnel schluckte den seitlichen Seewind.

Über Iven hing eine beleuchtete Betondecke, unter ihm gurgelte die gedrosselte Flut durch die Dammkammern ins Land.

Vor vier Jahren hatte Iris ihn gefragt, ob sie ihm etwas bedeute. Es war das erste Mal, dass sie ihn so etwas fragte, und es war Iven klar, dass Iris auf eine innige Antwort hoffte. Es war Ostersonntag. Die Sonne war über dem Hochhaus auf der anderen Straßenseite festgenagelt.

Iven brummte Zustimmung.

Es entstand eine Pause. Iris wartete auf mehr. Aber ihm fiel nichts ein. Er stand auf und erschlug eine Mücke. Enttäuscht schaute sie den fingerkuppengroßen Blutfleck an der Wand an.

»Ich habe süßes Blut.« Iris kratzte ihren Nasenflügel. Während sich die Mücken genüsslich an ihr gütlich taten, verschmähten sie den Stich in Ivens Fleisch. Sie ließen ihn in Ruhe, weil der Geruch von Benzin und Schwermetall seinen Poren entströmte. Wenn Iven schwitzte und sich mit der Zunge über die Bartstoppeln fuhr, schmeckte er nicht Salz, sondern Eisen.

Später an jenem Ostersonntag vor vier Jahren fuhren sie nach einem schweigsamen Frühstück ins Wildgehege nach Harburg. Ein Hirsch kam an den Maschendrahtzaun und Iris fütterte ihn mit Eicheln, die sie für sechs Mark am Parkplatz gekauft hatte.

»Du bist der einzige Mensch in meinem Leben.« Iven versuchte es noch einmal und die weiße Zunge des Hirsches leckte Iris' Hand. Sie drehte sich nicht um und schüttete dem Hirsch den Rest der Tüte vor die Hufe.

»Ist schon gut, Iven. Ich hätte dich nicht fragen sollen. Lass uns zurückfahren.«

Iven war erlöst. Es gab eine Routine, die sich über die Jahre bewährt hatte. Wenn er nach Hause kam, war Iris schon da. Er ließ sie rein und sie schliefen miteinander. Morgens stand sie vor ihm auf und duschte, während er liegen blieb, bis die Tür ins Schloss fiel.

Es war ein zärtliches Türschließen, ein Klicken wie der Gutenachtkuss, den sie sich nie gaben, die Aufforderung, noch ein wenig zu dösen.

Sobald er allein war, stand er auf, zog sich an, fuhr zur Tankstelle und dachte nicht mehr an Iris, bis er sie abends wieder traf. Selten verbrachten sie einen Tag miteinander. Nur ein paar Mal hatten sie miteinander gefrühstückt.

Jener Sonntagsspaziergang durch das Hirschgehege

und Iris' sentimentale Frage störten das übliche Einvernehmen.

Auf der Fahrt entlang der Schafkoppeln in der flachen, morastigen Marschebene, die Fennen nur durch zugewachsene Siele getrennt, die vom Auto aus kaum auszumachen waren, kam ihm der Gedanke, dass Iris ihn liebte.

Das Land glich einer tiefgrünen, vom Morgenschatten gestriegelten Pfütze.

Er dachte an Ann Grethe.

6

Ann Grethe arbeitete bereits als Hausmädchen bei den Haiens, als er auf dem Hof anfing. Carsten kam gerade in sein zweites Lehrjahr. Er war ein schlaksiger Halbstarker mit Flaum zwischen den Aknepickeln. Schon am ersten Tag steckte er Iven, dass man vom Silo aus zusehen konnte, wie Ann Grethe sich abends auszog. Prompt wurde Iven am selben Abend von ihm ertappt.

»Ist besser, als immer nach Husum in den Puff zu müssen!« Carsten plusterte sich mächtig auf.

»Du hast ein großes Maul«, muffelte Iven.

Als Carsten nicht aufhörte zu grinsen, schubste Iven ihn. Carsten stürzte die Siloleiter hinunter. Als Iven nach ihm sehen wollte, ging das Licht an und Ann Grethe erschien im Fenster. Sie stützte beide Hände auf das Fensterbrett und blickte eine Weile in die Nacht. Iven wagte nicht, sich zu rühren, obwohl er wusste, dass sie ihn nicht sehen konnte. Dann fing sie an, sich auszuziehen. Vier Meter Luftlinie und eine einfach verglaste Scheibe lagen zwischen Iven und dem nackten Busen, der ihm den ganzen Sommer nicht aus dem Kopf gehen sollte. Carsten hatte recht. Nach Husum kamen nur die in Hamburg ausgedienten Huren.

Das Bild von Ann Grethes Busen, der langsam hinter einer honigfarbenen Gardine verschwindet, hatte sich in Ivens Hirn eingebrannt. Manchmal passierte es, dass er Ann Grethe sah, wenn er mit Iris schlief. Er hatte versucht, das Bild ihrer grünen Katzenaugen und ihrer blonden Haare abzuschütteln. Es gelang ihm jedoch nicht und schließlich hörte er auf, sich dagegen zu wehren. Bisweilen beschwor er die Vorstellung von Ann Grethe sogar mutwillig herauf. Das gab der Liebe mit Iris Schwung. Nach solchen Nächten schlief Iris manchmal auf seinem Arm.

Ann Grethe war anders als Iris. Vor allem mit Carsten redete sie von der Liebe wie ein Knecht.

»Wenn der Haien dir das Lehrjahr nicht anerkennt, dann halte ich dir die Stange.«

Zum Glück ging Hauke Haien die Sache mit seinem Lehrling geschickt an und Carsten bekam keine Gelegenheit herauszufinden, ob Ann Grethe einen Witz gemacht oder ihm etwas versprochen hatte. Haien zwang den patzigen Jungen, selbst zu kündigen, indem er ihm eine Stelle bei Ole Peters besorgte.

Für Iven war der Umgang mit Ann Grethe leichter, nachdem Carsten mit seinem Lästermaul nicht mehr auf dem Hof war. Carsten hatte immer einen lockeren

Spruch parat und Iven traute ihm zu, dass er abgebrüht genug war, seine Prahlereien auch umzusetzen. Nachdem er weg war, konnte Iven auf seine Art Ann Grethes Witze und Neckereien erwidern. Denn obwohl sie mit Iven nicht wie mit Carsten flachsen konnte, provozierte sie auch ihn.

Er verliebte sich in sie. Und er stellte sich vor, dass er mit ihrem Körper das tat, was sie ihm am Tag spöttisch in Aussicht stellte.

Ohne Gefahr zu laufen, dass Carsten ihn erwischte, stieg Iven nun jeden Abend auf die Plattform des Silos. Ann Grethe wusste, dass er sie allabendlich belauerte, und ließ die Gardinen inzwischen offen. Schließlich war sich Iven sicher, dass sie ihn erwartete.

In einer Märznacht ging er, ohne anzuklopfen, in ihr Zimmer. Vor ihrem Bett überraschte ihn seine eigene Entschlusskraft und er wusste nicht, wie es weitergehen sollte. Eine ganze Weile blieb er in der Dunkelheit stehen und lauschte auf das leise Luftholen der schlafenden Frau. So konnte es bleiben. Iven verharrte in der Lautlosigkeit, deren Metrum das stille Ein und Aus des Atems war. Er sog das Bild des ruhenden Körpers ein, den er von seinem Ausguck nur erahnen konnte.

Der Mond hing in dem kleinen Stück Himmel, das zwischen Ann Grethes Fenster und Ivens Hochsitz lag, und zerlief in milchigen Wolkenschlieren. Ivens Augen gewöhnten sich langsam an das diffuse Licht und erkannten die Schemen eines Kopfes im Kissen, den Faltenwurf der Decke über dem Leib. In Gedanken zog er Ann Grethe aus. Schließlich bückte er sich und küsste sie auf den Mund. Ihr Haar roch nach Silage. Als sie ihren Kopf wegdrehte, hielt er ihn mit beiden Händen fest. Ihre Schläfen pochten unter seinen Fingern. Ann Grethe wurde wach. Iven merkte, dass sie versuchte zu schreien, aber keine Luft unter seinem Kuss bekam. Er wollte ihr nicht wehtun, aber er wollte auch nicht, dass sie das ganze Haus zusammenkreischte. Deshalb hielt er sie weiter fest und küsste sie weiter. Sie strampelte und biss ihm schließlich in die Lippe. Ihr Biss war fest und die Lippe zerplatzte wie eine Kirsche. Iven spuckte Blut und ließ sie los. Ann Grethe hatte keinen Atem, um zu schreien. Ihr Mund stand offen und schnappte nach Luft. Er ging.

In der Kneipe ›Zum dicken Fritz‹ traf er Carsten und betrank sich mit ihm. Seine Lippe war aufgequollen. Das Bier lief am Mund vorbei auf sein Hemd.

»Auch Iven will mal 'ne dicke Lippe riskieren.« Carsten nannte ihn den ganzen Abend über Fischmaul. Iven blieb stumm und trank sein Bier mit der anderen Mundhälfte.

Beim Kotzen musste Carsten ihn stützen und auf dem Heimweg lief Iven zweimal in einen elektrischen Zaun. Über die Abkürzung durch die Marsch gelangten sie auf den Deich. Ole Peters, dem das Land gehörte, beweidete den Deichkamm. Er hatte ihn verdrahtet und den Strom auch bei leeren Koppeln nicht abgeschaltet.

Die Schläge machten Iven nicht nüchterner. Im Gegenteil. Die Spannung nahm Anlauf durch seinen Körper und warf sein Hirn dumpf gegen die Schädelwand. Iven prallte zurück und stürzte in ein schwarzes Loch.

Als er benommen wieder zu Sinnen kam, sah er auf Jevershallig einen Schimmel. Der Gaul hatte ihm den Kopf zugewandt und glotzte ihn an. Sein Maul war aufgerissen wie Ann Grethes Mund nach dem Kuss. Iven zeigte zittrig auf den Klepper. Carsten lachte schallend. Er schlug vor rüberzurudern, um auf der Mähre zu reiten. Iven ließ ihn reden. Zu Hause stand er vor verschlossener Tür, weil er seinen Schlüssel irgendwo auf dem Deich verschludert hatte. Er schlief im Stall. Es war höllisch kalt.

Einen Tag später wusste das ganze Dorf, dass Iven im Suff einen Schimmel auf der Hallig gesehen hatte. Ann Grethe zog seit jener Nacht ihre Vorhänge wieder zu.

7

Im Nachtclub stand Iris schon hinter der Theke. Sie trug eine aufdringlich dekolletierte Bluse. Es war nicht viel los. Die Show sollte erst beginnen, wenn es voller geworden war. Im Hintergrund wimmerte leise Popmusik. Über die Tanzfläche huschten nur die weißen Lichtflocken der Silberkugel. Iven schob die absonderliche Frau auf einen Hocker an der Bar und befahl ihr, sich nicht vom Fleck zu rühren.

Er vermied jeden Blickkontakt mit Iris, die die ganze Zeit zu ihm und der Frau herübersah. Sie kassierte gerade, und bevor sie Iven ansprechen konnte, war er schon hinter der Bühne verschwunden.

Im Umkleideraum lungerten zwei Stripperinnen herum und rauchten. Iven schloss seinen Spind auf, um den grünen Monteur-Overall gegen einen schäbigen Smoking einzutauschen.

Die Hose kniff. Sie saß schon lange knapp, aber so eng wie heute war sie noch nie gewesen. Grimmig suchte er einen Gürtel, damit er den obersten Knopf offen lassen konnte. Er fand keinen und holte sich einen von Iris' Strumpfhaltern, der den Vorteil hatte, dass er dehnbar war. Gerade als er ihn durch die Gürtelösen fädelte, tauchte der Slowake hinter der Spindtür auf. Iven erschrak.

»Kannst du nicht anklopfen?«

Der Slowake grinste breit. Ihm gehörte der Club. Er deutete auf Ivens Gürtel.

»Ich wusste nicht, dass du auf Fetische stehst.«

Iven knurrte etwas Unverständliches. Die Stripperinnen kicherten. Wenn der Slowake gute Laune hatte, konnte Iven ihn nicht ausstehen.

Er kannte seinen Chef von früher, als der Slowake eine kleine Autowerkstatt im Nachbarort besessen hatte. Iven brachte Haiens Jeep bei ihm zur Inspektion und an Elke Haiens Mustang gab es immer etwas zu basteln. Außerdem nutzte er die Werkstatt, um seine eigenen Autos weiterzuverkaufen, obwohl ihm das Ärger im Dorf eintrug. Einmal hatte es deswegen sogar eine Schlägerei gegeben. Kurz nachdem Iven den Schimmel gesehen hatte und seine Nerven blank lagen, hatte Carsten ihn als Kanakenfreund beschimpft. Iven hatte wieder getrunken. Drei Mann mussten ihn festhalten, als er mit einer

Spaltaxt auf Carsten losging. In den darauffolgenden Wahlen bekam die NPD im Dorf dreiundzwanzig Prozent. Der Slowake ging nach Hamburg. Er bot Iven an, seine Werkstatt zu übernehmen, aber Iven wollte nicht. Er blieb auf dem Hof, weil er sich immer noch Hoffnungen auf Ann Grethe machte. Der Slowake fand keinen Käufer. Nach der Schlägerei wollte niemand mehr Autos von Iven. Ein alter Käfer rostete in der Werkstattgarage vor sich hin.

Als Iven nach der Sturmflut ohne Geld und ohne Job bei dem Slowaken aufkreuzte, hatte der schon den Nachtclub am Laufen. Ein alter Plan, auf den Iven ihn gebracht hatte, weil er sich immer über die Bordellpreise beklagt hatte. Der Slowake machte ihn zum Türsteher und Rausschmeißer.

»Was ist das für eine Braut?«

»Die gehört zu mir.«

»Das habe ich gesehen. Wer ist sie?«

»Niemand.«

»Niemand?«

»Die ist nichts für dich. Nicht für den Kundenverkehr.«

»Denkt sie das auch?«

»Was meinst du?«

»Wenn du sie für dich willst, würde ich mich beeilen. Sie hat nämlich schon den Ersten aufgerissen.«

Iven hastete in den Barraum zurück. Ein Mann in blauem Zweireiher hatte sich neben dem Mädchen breitgemacht und Iris servierte ihnen Piña colada. Iven stieß ihn beiseite und zog die Frau vom Hocker.

»Lass die Finger von der.«

Sie drehte sich zu ihm um.

»Warum ziehst du dich schwarz an?«

Iven musste einen Moment überlegen, um ihre Frage auf seinen Smoking zu beziehen.

»Warum trägst du diese komischen Felle?«

»Das sind Elisabeths Tiere.«

Kopfschüttelnd bezog Iven seinen Posten vor der Tür des Clubs. Die Frau folgte ihm. Sie stellte sich neben ihn und blickte die Reeperbahn hinunter.

»Hier ist es schön bunt.«

Iven ließ ein paar Kunden rein. Etwas weiter lehnte eine Hure mit einer Plüschboa um die nackten Schultern an einem zerschlagenen Zigarettenautomaten. Die Frau ging näher, legte den Kopf schief und sprach sie an.

»Schönes Fell.«

Die Hure reagierte nicht.

»Grün.«

Ohne die Zähne zu öffnen, knurrte die Prostituierte.

»Verschwinde. Ich mache es nicht bi.«

»Was machst du?«

Die Hure zog die Stirn kraus.

»Ich warte auf einen Mann.«

»Das tut Elisabeth auch.«

»Aber nicht hier. Hier hab ich mein Geschäft.«

»Was für ein Geschäft?«

Die Hure taxierte die wunderliche Frau vor ihr. Sie war blass, schmal und spindeldürr. Null Figur, dürftige Klamotten, keine Konkurrenz.

»Willst du mich verarschen? Bezahlte Liebe.«

Ein Mann, der wie Iven einen Smoking trug, fasste von hinten die grüne Boa und zog die Hure weg. Einfältig bummelte die Frau zu Iven zurück und setzte sich neben die Clubtür. Dort schlief sie ein.

Iven forderte durch die Gegensprechanlage Georg als Vertretung an. Der Slowake kam selbst, um herauszufinden, wer die Kleine war. Iven verweigerte ihm die Antwort erneut und trug die Schlafende in seine Wohnung direkt über dem Nachtclub. Sie war noch leichter, als er erwartet hatte. Auf einmal trug er keine Frau, sondern ein Kind. Als er sie auf sein Bett legte, fing sie an, im Schlaf zu reden.

»Vierzehn, zwei und drei mal sieben,
Wo ist nur mein Kind geblieben.
Vier, fünf, acht, drei, neun und zehn –
Ach, ich kann es nicht mehr sehen.«

Iven zog ihr den muffigen Mantel und die Schuhe aus. Er zögerte einen Moment, dann tastete er das Leder ab. In der Innentasche fand er ein Portemonnaie. Er klappte es auf. Hinter einem Klarsichtfenster steckte ein Behindertenausweis. Sie hieß Elisabeth Schmidt und lebte in einer betreuten Wohngruppe.

Vor ihm lag der magere, fröstelnde Körper. Die nackten Arme stachen aus einem ärmellosen T-Shirt. Sie kamen Iven außergewöhnlich lang vor. Ihre Nagelmonde waren tintenfleckig. Er zog die Bettdecke unter ihr weg und deckte sie damit zu.

Dann ging er zu Iris an die Bar.

»Ich kann heut nicht.«

»Wegen des Mädchens?«

»Ja.«
»Wer ist sie?«
»Erzähl ich dir später.«

8

Der Nachtclub des Slowaken unterschied sich nicht wesentlich von dem, den Iven manchmal in Husum besucht hatte. Die gleichen roten Tischlichter, das schummrige Ambiente, eine Tanzfläche, die gleichen Plüschkissen, die nach Staub rochen. Eine Bühne mit Laternenpfahl, an dem die Mädchen tanzten, wenn sie sich auszogen, Zimmer im Obergeschoss. Nur die Huren waren jünger als in Husum und trotzdem nicht teurer. Eines der Zimmer im zweiten Stock war seit fünfzehn Jahren Ivens Zuhause. Es hatte eine Kochnische, daneben eine Duschkabine und einen kleinen Flur, in dem sich alte Stoßdämpfer, ausrangierte Auspufftöpfe und Zylindersätze stapelten.

Das Zimmer genügte Ivens Ansprüchen. Er hatte sich an das späte Aufstehen gewöhnt und an das Nachhausekommen im Morgengrauen. Er lebte mit Iris, dem Benzingeruch seiner Haut und dem braunen, abgewetzten Teppich, der schon in der Wohnung lag, als er einzog. Er hatte sich nicht für den Teppich entschieden und er hatte sich Iris nicht ausgesucht. An Ivens vierunddreißigstem Geburtstag war sie einfach da gewesen, hatte auf der Treppe vor seiner Tür gesessen und gelesen. Er hatte ein wenig früher frei bekommen und war noch in der ›Muschel‹ gewesen, einer Kneipe am Hafen.

Seit jener Nacht war Iris immer wiedergekommen und hatte vor der Tür auf ihn gewartet. Er hatte schon damals den bitteren Kaffeegeschmack im Mund, nach dem sein Speichel im Anschluss an eine Nachtschicht vor dem Club schmeckte. Der taube Morgengeschmack war das Einzige, an das er sich nie gewöhnt hatte.

Die Kaffeebitternis stellte sich auch auf der B 5 hinter dem Sperrwerk pünktlich ein, obwohl Ivens Tagesablauf durcheinandergeraten war.

Vor drei Wochen hatte Iris sich eine üble Erkältung geholt, weil es im Flur zog wie Hechtsuppe. Am nächsten Tag ließ Iven einen Schlüssel für sie nachmachen.

»Ich brauche immer einen Tritt in den Arsch.«

In der Sturmflutnacht drückte Elke Haien ihm ihr Kind in den Arm.

»Pass gut auf sie auf.«

Der Orkan hatte die Strommasten schon früh am Abend umgeknickt und die Rücklichter des Mustangs, mit dem Elke zum Deich fuhr, glichen zwei glühenden Albinoaugen in der ansonsten lichtlosen Nacht. Gleich nachdem Elke den Hof verlassen hatte, brachte sich Ann Grethe in Sicherheit.

Das Dorf wurde evakuiert. Haien hatte Stina Jansen mit ihrem Sohn schon am Nachmittag in den Ort geschickt.

Ole Peters kam vom Deich zurück und organisierte die Räumung.

Iven blieb mit dem Mädchen auf dem Hof. Es jammerte nach seinen Eltern, bis es einschlief. Nach einer Weile wurde es ihm zu schwer. Er trug die Kleine in den Anbau und legte sie in sein Bett, weil durch die Ritzen des notdürftigen Verschlags vor ihrem Zimmerfenster eisig der Wind pfiff. Dann ging er in den unbewohnten Raum von Trina Jans, um sich den Deich anzusehen. Iven spähte durch einen schmalen Spalt zwischen den Läden, an denen der Sturm rüttelte. Er starrte in Richtung Meer, aber in dieser Nacht war alles schwarz. Irgendwann nahm der Regen ab und der Wind legte sich.

Iven sah das Wasser nicht kommen. Als er es unter sich schnalzen hörte, war das Meer schon bis zum Schuppen aufgelaufen. Der alte Deich hatte der Sturmflut nicht standgehalten. Das Umland war abgesoffen. Der Haiensche Hof lag auf einer Warft und war selbst bei einem Wasserstand von fünf Metern über Normalnull nicht gefährdet. Nun hatte die Flut einen Stand von über sechs Metern. Iven hörte die Schweine in ihrem Koben vor Angst quieken. Vor dem Fenster tobte düster die Nordsee, die nun schon an die Türschwelle des Hauses brandete. Als der vollgelaufene Kaninchenstall unter ihm an die Hauswand stieß, entschloss er sich, den Hof aufzugeben.

Er ging in den Stall und machte die Kühe los. Sie schlugen gegen die Boxen und rannten panisch gegen die Wände. Fast hätten sie ihn niedergetrampelt, als er das Stalltor öffnete. Bis zu den Hüften im Wasser konnte er ihnen kaum ausweichen. Er löste die Kette des Hofhundes Perle und stieß die Geflügelkäfige auf. Die Enten quakten davon, aber den flügge gewordenen Junghennen hatte er erst vorige Woche die Flügel gestutzt und sie konnten nicht auf die Deckenbalken flattern. Die Hühner huderten die Küken und ertranken. Die Kühe drängten sich an der Hauswand, die Beine bis zum Bauch im Wasser. Ein Kalb wurde von der Flut fortgerissen und trieb brüllend weg.

Er schwamm zum Schuppen, der bereits vollgelaufen war. Das Wasser war eiskalt und schnitt Iven ins Fleisch. Die Strömung hatte den Kaninchenkäfig zwischen den Stelzen des Silos eingeklemmt. Die ertrunkenen Tiere schwammen oben und wurden gegen den Maschendraht gepresst. Für die Schweine konnte er nichts mehr tun.

Die Flut hatte eine Wand des Schuppens eingedrückt. Iven hangelte sich an den losen Brettern hoch und riss sie vollends ein. Der alter Trog schoss mit einem Schwall Gischt an Iven vorbei ins Freie. Er schwamm in den Schuppen und bugsierte Elkes Kajak ins Freie. Das Boot war zwischen den Zulaufdrähten der ausrangierten Traufe eingeklemmt. Ein roter Gummiball und mehrere leere Geleegläser dümpelten unter der Decke, während alles Werkzeug, die Traktoren, Eggen und Pflüge unter Wasser lagen.

Er zerrte das Boot zum Haus.

Schlotternd vor Kälte wechselte er seine Kleidung.

Iven brauchte Geld. Er fand in Haukes Schreibtisch zweihundert Mark und nahm sie. Dann versuchte er, den Tresor zu öffnen, der sich in einer Ecke des Wohnzimmers hinter einem Bild befand. Das Gemälde zeigte eine junge Frau, die auf dem Bett lag und von einem Albtraum heimgesucht wurde, der als kleiner Kobold grinsend auf ihrer Brust hockte. Im Schlaf hatte sie den Mund zum Schrei geöffnet. Durch ein Fenster glotzte ein Schimmel den Betrachter gelbäugig an. Iven nahm das Bild ab und legte es mit dem Gesicht nach unten auf den Wohnzimmertisch, damit ihn das dämliche Pferd nicht immer angaffte.

Der Tresor hatte eine Zahlenkombination. Er konnte ihn nicht öffnen und versuchte erfolglos, ihn mit einer Axt aufzubrechen. Dann holte er eine Jagdflinte aus dem Waffenschrank, lud sie, setzte den Lauf neben das Tresorschloss und feuerte. Der Schrot prallte vom Stahl ab und ein Querschläger streifte ihn an der Schulter. Als sich der Rauch verzogen hatte, saß die Tüt so fest in ihrer Fassung wie zuvor. Die Bleikugeln hatten nur kleine Dellen im Stahl hinterlassen.

Er holte das Kind aus dem Bett, wickelte es in eine Decke und brachte es in den Kajak.

Nach drei Stunden erreichte er Land. Das Mädchen war aufgewacht, als er es in das Boot gelegt hatte, blieb aber die ganze Zeit still und blickte ihn unentwegt an. Auch Iven sagte nichts.

Die Jagdflinte warf er ins Wasser, bevor sie landeten.

Ein dänisches Fernsehteam las ihn und das Kind auf. Iven erfuhr, dass die Haiens tot waren. Die Dänen brachten sie ins Nachbardorf. Iven ging mit dem Mädchen auf den Schultern zu dem einstigen Autohof des Slowaken, wo sein Käfer vor sich hin rottete. Er legte das Kind auf den Rücksitz, schloss die Zündung kurz und machte sich auf den Weg nach Hamburg. Hinter Husum setzten Regen und Sturm wieder ein.

Nach Feierabend stieg er zu seiner Wohnung hoch und schloss auf. Die Frau lag in seinem Bett und schrie vor Angst. Sie schlug wild um sich. Ihr Kampf erstarb unter Ivens sanftem Gegendruck. Er legte sich vor das Bett und deckte sich mit ihrem Fellmantel zu, der dumpf nach Blut roch. Er fand keinen Schlaf. Als er wieder aufstand, hatte er sich entschlossen, der Frau zu sagen, wer sie war.

9

Iven raste parallel zum Meer durch den anbrechenden Tag. Auch in den Ortschaften ging er nicht vom Gas. Schweflige Sonnenstrahlen lugten durch das Beifahrerfenster. Seine Straßenseite war leer. Nur in der Gegenrichtung begann langsam der Berufsverkehr. Niemand fuhr nach Norden.

Er preschte mit Tempo achtzig über eine Bodenwelle. Die Achsen des Passats ächzten, brachen aber nicht.

Iven rasierte sich nass. Er benutzte Rasierschaum aus einem Spender, der immer zu viel ausspuckte. Um die Seife nicht zu verschwenden, verteilte er den Schaumberg stets vollständig auf seinem‹ Gesicht. Seine Haut war unter der weißen Masse verschwunden, die wie Schneetau knisterte. Die Hälfte davon hatte Iven bereits weggeschaufelt und die Stoppeln darunter abgeschabt, als er im Spiegel sah, dass die Frau aufwachte. Er ging zu ihr und setzte sich auf das Bett. Schlaftrunken glitt ihr Blick an Iven vorbei, kehrte dann wieder und die Erinnerung huschte über ihr Gesicht. Sie kramte in ihrer Lederhosentasche und zog eine Handvoll Geldscheine hervor. Sie zögerte, gab Iven dann zehn Mark.

»Was ist das?«

»Bezahlte Liebe.«

»Was soll das heißen, ›Bezahlte Liebe‹?«

»Wenn man aufeinander wartet.«

Obwohl er wusste, dass sie zurückgeblieben war, nervte ihn ihre Naivität.

»›Bezahlte Liebe‹ ist, wenn man miteinander schläft.«

»Das haben wir getan. Du unten, ich oben.« Sie zeigte auf den Fußboden.

»Nein. Man muss im selben Bett schlafen. Nackt. Zusammen.« Die Frau blickte ihn verständnislos an. Er merkte erst, dass sie sich nicht über seine Aufklärung wunderte, als sie ihren ausgestreckten Finger in den Rasierschaum steckte, der auf Ivens Gesicht eintrocknete. Sie lutschte die Fingerspitze ab. Er musste diesen Quatsch beenden.

»Hör zu, ich sag dir jetzt, wer dein Vater war, und dann bringe ich dich dahin zurück, wo du hergekommen bist.«

Sie missverstand ihn.

»Wo ist das?«

»Ich meine ins Heim.«

Die Frau schwieg. Iven machte es knapp und bündig.

»Ich habe dich vor fünfzehn Jahren in ein Kinderheim gebracht. Die Nordseeküste war gerade von einer schweren Sturmflut getroffen worden. Ein Deich war gebrochen und alles wurde überschwemmt. Ich habe dich gerettet. Dein Vater hieß Hauke Haien und war der Bürgermeister. Deine Mutter hieß Elke. Beide sind in jener Sturmflutnacht ertrunken. Dein Vater kam um, weil er den Deich retten wollte. Deine Mutter ist gestorben, weil sie zu ihm an den Deich rausfuhr. Du bist auf den Namen Wienke getauft. Nicht Elisabeth und auch nicht Schmidt oder sonstwie. Wienke Haien. Und nun rasiere ich mich fertig und dann bringe ich dich zurück.«

10

»Bring Wienke dahin, wo ihre Eltern ertrunken sind.«

Sie fuhren auf der Ausfallstraße Richtung Bergedorf. Iven sah Wienke nicht an.

»Ich fahr dich dahin, wo du wohnst.«

»Da wohnt Elisabeth Schmidt.«

Iven entgegnete nichts. Er hatte sich vorher den Weg auf dem Stadtplan angeschaut, fand das Behindertenheim aber erst, nachdem er zweimal im Kreis durch das Neubaugebiet gefahren war. Er hatte es anders, auffälliger, erwartet, einen Zaun oder zumindest Schilder. Es war ein Haus wie alle Häuser hier. Das ganze Viertel war in den letzten drei Jahren auf einer Sumpfwiese hochgezogen worden. Eine katzengroße Ratte lief über die Straße und sprang in einen Fleet. Schließlich durchfuhr er eine Einbahnstraße in Gegenrichtung, um die Sache abzukürzen. Das Heim war in einem mehrstöckigen, rot verklinkerten Haus mit mintfarbenen Tür- und Fensterrahmen untergebracht. Wienke stieg aus. Er streckte ihr die Hand hin, aber sie ging einfach weg und schloss die Haustür auf.

Als er wieder in seiner Wohnung war, hatte er noch eine halbe Stunde Zeit, bis seine Schicht bei der Tankstelle begann. Vielleicht sollte er Iris anrufen, um sich zu rechtfertigen. Aber er hatte sie noch nie angerufen und wusste ihre Telefonnummer nicht. Stattdessen suchte er das Buch. Zwischen einer alten Autobatterie und einem Stapel vergilbter Zeitungen aus den Tagen nach dem Deichbruch fand er ein zerknicktes Foto. Es war ein Gruppenbild der Freiwilligen Feuerwehr anlässlich der Einweihung des neuen Rüstwagens. Ein Haufen junger Männer aus einem abgelegten Leben. Iven stand hinter Niß. Ole Peters war Gruppenführer, dahinter stand Carsten, die Arme vor der Brust verschränkt. Dass das Bürschchen Maschinist geworden war, ging immer noch nicht in Ivens Kopf.

Er steckte das Foto in seine Hosentasche.

Während der Pause fuhr er in die Stadt. Er hatte keine Ahnung, wo eine Buchhandlung war, und ging deshalb in ein Kaufhaus. In der Zeitungsabteilung fragte er nach dem Buch.

Es war in blauen Karton eingeschlagen und unverhältnismäßig teuer. Auf der Rückseite war ein Foto vom Autor. Johann Pappe blickte geistreich ins Nichts.

»Verkauft sich das Buch?«

Der Mann hinter der Kasse war vom Fach.

»Eigentlich ganz gut. Es wird immer wieder mal verlangt.«

»Es ist doch schon fünfzehn Jahre her.«

Der Verkäufer sah ihn irritiert an. Dann lächelte er höflich.

»Die Sturmflut«, half ihm Iven, »ich hätte nicht gedacht, dass sich dafür noch irgendjemand interessiert.«

»Katastrophenberichte gehen immer.«

Der Kassierer steckte ihm das Buch in eine Plastiktüte.

Iven fuhr nicht zurück zur Tankstelle, sondern setzte sich in die ›Muschel‹. Auch mit Pappe war er hier gewesen. Mit einem großen Bier ausgerüstet, fing er an zu lesen.

Etwa ein halbes Jahr nach der Sturmflut war Pappe bei Iven aufgekreuzt. Zuvor hatte er den Slowaken ausfindig gemacht. Mit allen anderen Leuten aus dem Dorf hatte er schon gesprochen. Ein junger Mann, der gerade sein Referendariat als Geschichts- und Deutschlehrer machte. Iven konnte ihn von Anfang an nicht leiden.

Pappe wollte über die Sturmflut schreiben, Hintergründe, ein Porträt der Menschen und Schicksale. Der Kontakt zu einem Verlag, der die ganze Geschichte groß rausbringen wollte, war schon hergestellt. Iven ließ sich zu einem Interview überreden. Doch was er erzählte, wusste Pappe bereits. Er stellte ihm nur wenige Fragen, zu denen Iven nichts einfiel.

Johann Pappe zahlte.

Am selben Abend nahm ihn der Slowake zur Seite.

»War dieser Pappe bei dir?«

»Du hättest ihm meine Nummer nicht geben sollen. Wie hat er dich überhaupt gefunden?«

»Ich habe Geschäfte mit Haien gemacht.«

»Was für Geschäfte?«

»Das weißt du doch.«

»Hast du etwa von Hamburg aus seine Autos repariert?«

»Ich habe für ihn Sprengstoff besorgt. Schätze, dieser Pappe hat davon Wind bekommen.«

»Wofür Sprengstoff?«

»Zum Sprengen wahrscheinlich. Dieser Schwachmat hat versucht, mir dumm zu kommen, wollte wissen, seit wann ich in Deutschland bin und ob ich gültige Papiere habe.«

»Und?«

»Was und?«

»Hast du gültige Papiere?«

Der Slowake machte ein verschmitztes Gesicht und zog eine Schublade auf.

»Jede Menge.«

Ein weiteres halbes Jahr später bekam Iven ein Buch zugeschickt. Es kam direkt vom Verlag. Schon als Iven den Titel las, wusste er, dass er in dem Buch nicht gut wegkommen würde. Pappe spielte damit auf die Geschichte mit dem Schimmel auf Jevershallig an. Damit traf er Ivens einzig wirklich empfindliche Stelle: Ann Grethe. Obwohl Pappe von seinem nächtlichen Besuch bei ihr nichts wusste, riss die alte Narbe wieder auf. Er drehte Iven die Worte im Mund um und wendete sie gegen Hauke Haien, sodass Iven nicht nur Teil des Hasses wurde, sondern ihn sogar schürte. Dabei hatte er in jener Nacht an alles andere gedacht als an Haien.

Iven ging zum Slowaken, der ebenfalls ein Buch erhalten hatte. Es lag noch eingeschweißt auf seinem Schreibtisch.

»So war es nicht.« Iven hielt ihm das Buch vor die Nase.

Dem Slowaken war es egal.

»Seine Geschichte ist so gut wie jede andere.«

»Aber du hast sie ja noch gar nicht gelesen.«

»Wozu auch?«

Das Buch wimmelte von Fehlern. Pappe konnte noch nicht einmal die Himmelsrichtungen auseinanderhalten. Trotzdem ging es glatt auf. Iven hatte lange über die Ereignisse jener Unglücksnacht gegrübelt. Jetzt lag eine Fassung vor, die Ordnung in den Wirrwarr brachte. Mit dem Buch kehrte Ruhe in Ivens Erinnerung ein. Er akzeptierte schließlich Pappes Lesart und verdrängte die eigenen Bilder jener Nacht.

Nun konnte Iven die Lügen nicht länger übergehen. Pappe ließ sein Buch mit Haiens Selbstmord enden, nachdem Frau und Kind ertrunken waren. Doch das Kind war nicht draußen am Deich gestorben, es lebte in einem

Heim in Hamburg. Niemand außer Iven hatte Kenntnis von Wienkes Rettung. Aber ihre Eltern hatten gewusst, dass sie lebte, und hätten sich niemals umgebracht, solange sie Angst um ihre Tochter haben mussten.

Die Geschichte, die Iven so lange ruhiggestellt hatte, ging ihm jetzt nicht mehr aus dem Kopf. Es war beunruhigend leicht, eine Wirklichkeit zu erfinden.

11

Sten war Postbote. Er hatte eine Wohnung in Husum und kam nur noch in seinen Heimatort, um Briefe auszutragen. Da er auch gleichzeitig der Paketbote war, fuhr er einen kleinen Laster.

Er war ein gutmütiger, tapsiger Kerl. Seinem Deutschlehrer hatte er an einem Tag den ganzen Knick ausgeholzt. Das sicherte ihm seinen Schulabschluss. Seine Mutter hatte Briefe sortiert. Sie war nach der Sturmflut arbeitslos geworden und hatte die Stelle bei der Post erst nach langem Suchen gefunden. Zuvor war sie Wirtschafterin bei den Haiens gewesen. Als der alte Postbote gegen eine Pappel gefahren war, hatte sich Sten auf ihren Vorschlag hin für den Posten beworben und ihn bekommen.

Er verließ die Hauptpost in Husum jeden Morgen sehr früh. So früh, dass er die Dörfer am Deich eigentlich viel eher erreichen musste, als er tatsächlich eintraf. Er hatte es sich zur Angewohnheit gemacht, die Briefe, die ihm anvertraut waren, genau zu studieren, bevor er sie ihren Empfängern aushändigte.

Jeden Morgen fuhr er auf halber Strecke einen Rastplatz an. Ein kleiner Kartuschenkocher lag unter dem Beifahrersitz seines Lasters. In einem Aluminiumtopf brachte er Wasser zum Sieden. Der Dampf löste den Leim der Briefumschläge. Selbstklebende Umschläge öffnete er mit einem dünnen Draht. Verschließen konnte man beide Briefsorten einfach mit einem Prittstift.

Die Sonne war aufgegangen. Trockene Tage machten die Sache leichter. Bei Regen war er gezwungen, seine Untersuchungen im Laster durchzuführen. Dort schlug sich der Wasserdampf auf alles nieder und wegen der Enge war es nicht unwahrscheinlich, dass er den Topf einmal aus Versehen umstoßen würde.

Er hockte gerade vor seinem Brenner, als ihn jemand von hinten ansprach. Um ein Haar hätte er den Brief, den er gerade in der Hand hielt, in das kochende Wasser fallen lassen. Er fuhr herum. Er hatte kein Auto gehört und der Rastplatz lag fast siebzehn Kilometer vom nächsten Ort entfernt. Vor ihm stand eine blasse Frau in einem schäbigen Fellmantel. Womöglich war sie von der Polizei oder sonst einer Prüfbehörde.

»Was?«, fragte er endlich. Ihm fiel wieder ein, dass sie etwas gesagt hatte.

»Fahren Sie ans Meer?«

»Äh. Ja.«

»Kann Wienke mitfahren?« Sie zeigte auf sich.

Sie war offensichtlich keine Polizistin. Sten musterte die Frau genauer. Irgendetwas an ihr war auffällig.

»Klar. Wohin wollen Sie denn?«

»Dahin, wo der Deich gebrochen ist.«

»Wo der Deich gebrochen ist?«

»Damals.«

»Ja, ich weiß. Klar. Steigen Sie ein.«

Sten packte seinen Kocher zusammen, hielt Wienke die Tür auf, klappte den Beisitz herunter und kletterte auf den Fahrerbock.

Wenn Sten sich zu Wienke drehte, um sie anzusehen, drehte sie sich auch ihm zu. Sobald sich ihre Blicke trafen, schaute Sten jedoch schnell wieder auf die Fahrbahn.

»Das ist ein blaues Land.«

»Was?«

»Das ist ein blaues Land.«

Sten blickte Wienke begriffsstutzig an. Dann nickte er.

»Ja.«

12

Iven erschien auch nicht zum Dienst im Nachtclub. Er saß immer noch in der ›Muschel‹, las angestrengt und trank heftig. Er brauchte einige Umdrehungen, um es zu Ende zu bringen.

Als er fertig war, stand er auf, um nochmals nach Bergedorf zu fahren. Wenn Wienke das las, würde es keine Fragen mehr geben. Pappe machte Iven zwar zu einem abergläubischen Spinner, aber das war der Preis dafür, nicht alles noch einmal aufrollen zu müssen.

Er zahlte und ging. Die Laternen spuckten weißes Licht auf den Teer.

Glücklicherweise hatte Iris jetzt einen Schlüssel und er musste nicht nach Hause, um ihr aufzuschließen. Ein paar arbeitslose Schauermänner waren auf dem Weg zur Hafenmeisterei, um die wenigen Jobs abzustauben, die es heute gab. Die Elbe roch nach Flieder.

Iven fand sein Auto nicht sofort. Er musste erst mehrere Seitenstraßen ablaufen. Dann war sein Schlüssel weg. Dafür zog er das alte Feuerwehrbild aus seiner Gesäßtasche. Den Zündschlüssel entdeckte er schließlich in seiner linken Hand.

Er fühlte sich gerädert.

Es war der zweite Morgen ohne Iris.

Er legte den Kopf auf das Autodach und schloss die Augen. Die Geräusche der zu sich kommenden Stadt, ein Martinshorn, das Schlagen und Walzen von Blohm & Voss und der spärliche Verkehr verschmolzen in seinem Kopf zu einem trägen Mahlstrom. Er schreckte auf, als ihm der Autoschlüssel aus der Hand auf das Kopfsteinpflaster klirrte.

Iven stieg ein und fuhr los. Zwei Ampeln später winkte ihn die Polizei zur Alkoholkontrolle raus. Er hatte 1,9 Promille, musste sein Auto stehen lassen und seinen Führerschein abgeben. Es fehlte nicht viel und er hätte dem Beamten eine verpasst. Aber der Polizist war eine Frau. Sie rief ihm wieder ins Gedächtnis, dass er Wienke das Buch bringen wollte.

13

»Er ist nicht gekommen.« Der Slowake lehnte im Türrahmen der Garderobe. Iris saß vor dem Spiegel und wischte sich den Lidschatten ab. Ein Haarreif hielt ihr die Stirn frei. Sie starrte sich in die Augen und wischte mit einem Wattebausch den dunklen Rand um die Wimpern fort. Dann drehte sie sich auf dem wackligen Schemel um. Der Slowake sah nicht sie an, sondern die Postkarte, die neben dem Spiegel an die Wand geheftet war. Darauf war eine südeuropäische Stadt am Meer abgebildet. Die Brandung prallte direkt gegen eine überhängende, fensterlose Häuserfront.

»Cadaqués«, sagte Iris.

»Von wem?«

»Von niemandem. Habe ich mir selbst gekauft. Wegen des Namens. Ich wollte dir vorschlagen, den Nachtclub so zu nennen. Er könnte einen Namen vertragen.«

»Wo steckt er?« Der Slowake hatte schwarze und sehr ruhige Augen.

»Iven?« Iris erinnerte sich, dass sie anfangs in den Slowaken verliebt gewesen war und nur in seinem Nachtclub angefangen hatte, um jeden Abend in seiner Nähe zu sein. Es war nie etwas daraus geworden. Sie hatte sich lange Hoffnungen gemacht. Alles, was sie wollte, war, einmal neben diesen schwarzen Augen aufzuwachen und das Gefühl zu haben, sie schauten nur sie an.

Als der Slowake sie vor vielen Jahren das erste Mal zu Iven hochschickte, wusste sie, dass es nie etwas mit den schwarzen Augenblicken werden würde. Zufällig war es Ivens Geburtstag. Wie üblich war Iris ein wenig länger geblieben, um mit dem Slowaken alleine zu sein. Die Lichter waren schon aus und Georg wollte gerade gehen, da kamen noch zwei Gäste in den Barraum getorkelt. Sie schubsten Georg zur Seite und grölten nach Mädchen. Es roch nach Ärger.

»Ich hol Iven«, sagte Iris und wollte zum Hinterausgang laufen. Der Slowake hielt sie am Handgelenk zurück. Seine Stimme war schneidend. Er ließ die Männer nicht aus den Augen, die Georg jetzt mit seinen mächtigen Armen abschirmte.

»Nein. Du sorgst dafür, dass er nicht runterkommt.«

»Wieso nicht?« Iris sah zu den Männern hinüber. Sie trugen Kordhosen und Lederblousons.

»Er kennt die beiden.« Die Antwort des Slowaken kam prompt.

»Von früher?«

»Mach schon.«

Der Slowake ließ sie los und schob sie zur Tür. Im Treppenhaus hörte Iris ein Nasenbein brechen. Es klang wie das Entkorken einer Sektflasche. Dann ging sie zu Iven.

Der Slowake nahm die Postkarte von der Wand und betrachtete sie genauer.

»Sieht ein bisschen aus wie zu Hause.«

»Ich weiß nicht, wo Iven ist.« Iris nahm dem Slowaken die Karte aus der Hand und hängte sie wieder auf.

»Gehst du jetzt hoch?«, fragte er.

»Warum?«

»Ich habe noch einen Kunden.« Das verstieß gegen die Vereinbarung. Iris arbeitete an der Theke. Sie war keine Hure. Der Slowake sah ihre Empörung.

»Es ist ein besonderer Kunde. Du kennst ihn.« Iris wusste, wen der Slowake meinte. Sie hatte sich ein einziges Mal überreden lassen, weil der Slowake ihr versichert hatte, dass der Mann keinen Sex wollte, und weil sie Geld brauchte, um Iven eine Uhr zu kaufen. Vierzehn Tage lang trug er sie, dann hatte er sie irgendwo zwischen Tankstelle und Nachtclub verloren.

Iris musste sich ausziehen und der Mann jagte sie mit einem Besenstiel quer durch das Zimmer. Es war ein Politiker. Sie hatte sein Bild später häufig in der Zeitung gesehen. Vier Wochen dauerte es, bis die Wunden verheilt waren.

»Nein. Kein Interesse.« Der Slowake nickte. Iris stand auf und griff nach ihrer Stola.

»Gute Nacht.«

14

Der S-Bahn-Zug stockte und ruckte beim Anfahren, während er sanft und unmerklich seine Geschwindigkeit drosselte. Fünfmal schreckte Iven aus einem schienendröhnenden Schlaf auf, als die S-Bahn die Station gerade wieder verließ. Jedes Mal nahm er sich vor, wach zu bleiben. Beim sechsten Mal gelang es ihm.

Er stieg an der richtigen Haltestelle aus.

Auf dem gegenüberliegenden Bahnsteig standen jetzt die Pendler in einer zeitungsgespickten Menschenmasse. Es war Viertel vor acht, als Iven zum zweiten Mal vor dem Klinkerhaus mit den mintfarbenen Fenstern stand. Er fragte sich, wann Behinderte aufstehen und ob sie zur Arbeit müssen. Dann klingelte er. Ein Summer ertönte. Als er im ersten Stock war, stand die Tür zur Wohngruppe offen. Ein Zivildienstleistender mit gepiercter Lippe schob ihm eine Frau im Rollstuhl in die Arme, die gerade dabei war, sich ein Hörnchen unzerkaut in den Mund zu pressen.

»Neu?«

Iven verstand nicht.

»Bist du Giselas Fahrer?«

Aus der Wohnung hörte er das Heulen einer Waschmaschine im Schleudergang.

»Ich bin hier wegen Elisabeth Schmidt. Kann ich sie sprechen?«

»Nee. Die ist weg.«

»Was heißt weg?«

»Nicht da. Schon seit zwei Tagen. Sie besucht jemanden.«

»Wen?«

Der Zivi brüllte die Frage den Flur hinunter und eine schrille Frauenstimme antwortete.

»Iven Johns.«

Fast hätte Iven laut Ja gerufen.

»Iven Johns heißt er. Der Typ, bei dem sie ist.«

»Sie ist seit zwei Tagen bei Iven Johns?«

Es klingelte wieder. Die Frau im Rollstuhl wurde abgeholt. Irgendwie hatte sie es geschafft, das Hörnchen in einem Stück runterzuschlucken. Im Hintergrund tauchte die Frau mit der schrillen Stimme auf. Sie hielt einen Jungen mit Walkman, aus dem die Waschmaschine dröhnte, an der Hand. Dann schloss sich die Tür hinter Iven und es war still. Die Frau wischte sich den Schweiß von der Stirn, drehte sich zu Iven um und streckte ihm die Hand hin.

»Ich bin Susan Brandt. Die Wohngruppenleiterin. Was kann ich für Sie tun?«

Nun standen Iven Schweißperlen auf der Stirn. Die Lage drohte außer Kontrolle zu geraten. Während der Junge abgeholt wurde, hatte er begriffen. Wienke war nicht wieder ins Heim gegangen, nachdem er sie abgesetzt hatte. Keiner der Betreuer ahnte, wo sie war. Er hingegen hatte einen Verdacht. Es kam nur ein Ort infrage. Sie war an die Nordsee gefahren. Geld genug schien sie ja zu haben. Klar war auch, dass er nicht sagen konnte, wer er war. Andernfalls würde in Windeseile die Polizei anrücken. Und von der Polizei hatte Iven heute schon genug gesehen.

»Tschüs.« Iven drehte sich um und wollte gehen. Aber Frau Brandt hielt ihn zurück.

»Sie wollten doch zu Elisabeth, oder? Haben Sie einen Auftrag für sie? Soll ich etwas ausrichten?« Iven blieb verdutzt stehen.

»Was für einen Auftrag?«

»Was wollen Sie denn sonst von ihr?« Neugierig zog Susan Brandt die Augenbrauen hoch. Iven saß in der Klemme.

»Ich schreibe ein Buch. Über Waisenkinder.« Er wischte sich den Schweiß ab. Geschichten zu erzählen war seine Sache nicht.

»Ich wollte sie treffen, bevor sie zur Arbeit fährt.« Er lächelte nervös.

»Da hätten Sie später aufstehen können. Elisabeth arbeitet zu Hause.«

»Was arbeitet sie denn?«

»Sie zeichnet.«

»Und das ist Arbeit?« Iven nuschelte, sodass Susan Brandt ihn nicht verstand. Sie taxierte ihn wie bei einem Prüfungsgespräch. Er musste einen vorteilhaften Eindruck auf sie machen.

»Wollen Sie einen Kaffee?«

Die Wohngruppenleiterin war Mitte dreißig und sehr redselig. Sie führte Iven zu einem großen, runden Tisch und hob einen Stuhl für ihn auf. Ein zerdrücktes Marmeladenbrot schwamm in einer Kakaolache. Frau Brandt stellte Ivens Kaffeetasse neben die Pfütze.

»Kennen Sie Elisabeth?«

»Nein, nein. Ich habe ihre Adresse von der Behörde. Ich mache eine Umfrage. Anonym. Es geht mir nur darum, ein paar Daten zu sammeln, die ich dann auswerten kann.«

Susan Brandt schlürfte beim Trinken.

»Was wollen Sie wissen?«

»Hat sie einen Freund? Warum lebt sie in einem Behindertenheim?«

»Ich weiß nicht, ob ich Ihnen das sagen darf. Die Umfrage ist anonym?«

»Ich will Sie nicht in Schwierigkeiten bringen. Ich komme ein andermal. Gut, der Kaffee.«

»Nein, also, wenn es anonym ist. Es dient ja einem guten Zweck.«

Frau Brandt goss sich nach. Sie witterte die Chance, Iven ihre pädagogischen Standpunkte unterzujubeln.

»Um Ihre Fragen der Reihe nach zu beantworten. Elisabeth hat keinen Freund, obwohl Beziehungen unter Bewohnerinnen und Bewohnern nicht selten sind. Auch sexuelle Beziehungen kommen vor. Aber ich bin mir sicher, dass Elisabeth noch keine gehabt hat. Es scheint so, als ob Bewohnerinnen und Bewohner, die anderen Bewohnerinnen und Bewohnern überlegen sind und deren Verhalten beobachten, von diesem Verhalten Abstand nehmen. Das ist auch bei Elisabeth der Fall.

Frage Nummer zwei. Elisabeth ist nicht im eigentlichen Sinn behindert. Sie kann nur nicht abstrakt denken. Und sie kann nichts Abstraktes verstehen. Wenn Sie ihr sagen: ›Ich komme morgen wieder‹, dann weiß sie nicht, was mit ›morgen‹ gemeint ist. Nur die Vergangenheit ist für sie konkret. Und dass Sie mit ›ich‹ sich meinen, begreift sie nur, weil Sie tatsächlich anwesend sind. Es ist keine Krankheit im eigentlichen Sinn, eher eine Störung. Wir neigen in dieser Gesellschaft viel zu schnell dazu, etwas als ›krank‹ zu bezeichnen, und verdrängen das eigentliche Problem: die vorgebliche Normalität. Aber da man Kranke leichter wegsperren kann, als gesellschaftliche Defekte zu beheben oder Verständnis für Andersartige zu wecken, ist Elisabeth hier.

Sie arbeitet als Kalligrafin. Für eine Heraldikfirma

schreibt sie Urkunden ab. Sie beherrscht jeden Schrifttyp. Außerdem kann sie hervorragend zeichnen. Häufig kopiert sie alte Landkarten. Die Aufträge kommen sogar aus Amerika. Es ist nicht selbstverständlich für eine betreute Wohngruppe, dass dauernd Faxe mit Anfragen und Aufträgen für eine ihrer Bewohnerinnen kommen. Im eigentlichen Sinn ist Elisabeth eine Künstlerin ohne eigene Ideen.«

»Wird sie dafür bezahlt?«

»Ja. Elisabeth ist die einzige unserer Bewohnerinnen, die so viel verdient, dass es nicht für den Wohnheimplatz draufgeht. Wir verwalten das Geld für sie. Denn für Geld gilt im Prinzip das Gleiche, was ich Ihnen zur Abstraktionsleistung allgemein sagte. Sie begreift seinen Wert nicht. Wollen Sie ihr Zimmer sehen?«

Es war ein neun Quadratmeter großer Raum, bis unter die Decke vollgestopft. Auf dem Schreibtisch türmten sich Papierbahnen, alles stand voll kleiner Tintenfässer, Pinsel, Skriptolfedern. Vor dem Bett befand sich ein leerer Tierkäfig mit einem Laufrad. An den Wänden hingen vier Bilder. Sie zeigten alle das gleiche Motiv. Beim ersten Hinschauen schienen sie nur schwarz mit ein paar roten und gelben Punkten. Beim genaueren Hinsehen erkannte Iven, dass das Schwarz Konturen hatte. Es waren Menschen. Und die Punkte waren Augen. Die Schemen schienen auf den Betrachter zuzukommen, düster und bedrohlich.

»Ich dachte, sie malt keine eigenen Bilder.«

»Nur dieses Motiv malt sie immer wieder. Wenn sie ein neues Bild gemalt hat, nimmt sie ein altes ab und hängt das neue an seine Stelle. Aber es zeigt immer das Gleiche. Sie sehen aus wie Gespenster, nicht wahr? Elisabeth ist ein seltsames Mädchen mit seltsamen Angewohnheiten.«

»Was meinen Sie?«

»Tiere. Sie hatte schon viele Tiere.« Frau Brandt zeigte auf das Laufrad.

»Nicht viele gleichzeitig, immer nur eines zurzeit, aber sie hat immer Haustiere gehabt. Katzen, Meerschweinchen, Kaninchen, Hamster und einen Hund. Wenn eines ihrer Haustiere stirbt, zieht sie ihm das Fell ab und näht es auf ihre Kleidung. Für Wienke sind sie dann nicht tot, sondern leben mit ihr weiter.«

»Eigenartiges Hobby.« Iven hatte schon eine Nacht mit ihren Tieren verbracht.

»In der Tat gewöhnungsbedürftig. Aber ihr Therapeut hat gesagt, dass man es ihr erlauben muss. Allerdings ist sie neulich zu weit gegangen.« Frau Brandt deutete auf den leeren Hamsterkäfig und verzog das Gesicht.

»Was ist mit dem Hamster?«

»Den hat sie am Abend, bevor sie weggegangen ist, getötet. Mit einem Küchenmesser. Und in der Nacht hat sie ihn aufgenäht.«

Ivens Blick schweifte zum Schreibtisch.

»Ein Stammbaum?«

»Ja. Vor drei Tagen hat sie damit angefangen. Eine Auftragsarbeit. Den ganzen Tag hat sie ohne Pause gearbeitet. Abends ist sie zu mir gekommen und wollte ihren eigenen Stammbaum zeichnen. Nun ist Elisabeth nicht nur eine Waise, sondern auch ein Findelkind. Das erschwert die Sache mit dem Stammbaum gewissermaßen. Aber weil es ihr so wichtig war, haben wir ihr die Adresse des Mannes rausgesucht, der sie damals abgegeben hat.«

»Iven Johns.«

»Richtig.«

»Kann sie denn mit einer Adresse etwas anfangen?«

»Man muss ihr die Straße auf dem Stadtplan zeigen. Dann findet sie jede Anschrift. Als hätte sie einen Bordcomputer.«

»Und seitdem ist sie bei diesem Johns?«

»Ja. Sie hat noch einmal angerufen, um zu sagen, dass alles okay ist.«

»Kann sie telefonieren?«

»Sie prägt sich die Ziffern als Bilder ein und findet sie so auf den Tasten. Wenn Ihre Untersuchung eilt, suche ich Ihnen Johns' Adresse raus.«

»Nein danke, so wichtig ist das nicht.«

15

Während die S-Bahn zurück nach Hamburg schaukelte, fand Iven keine Ruhe. Die Wirkung des Alkohols ließ nach. Er hatte den morgendlichen Kaffeegeschmack im Mund und sah sein Gesicht in der Fensterscheibe. Die Schlote und Kräne der Vororte zogen durch seinen Kopf. Die Innenbeleuchtung malte einen Regenbogen auf das getönte Glas und verschleierte die triste Welt.

Iven betrachtete seine schweren Tränensäcke und die harten Falten, die sich der Rasur verweigerten. Alles an seinem Körper fühlte sich an diesem Morgen massig und träge an. Er spürte die Ringe, die sein Bauch warf, und er wusste, dass die Haut am Oberarm weiter war als sein Bizeps.

Iven beschloss, nicht länger an Wienke zu denken.

Er fuhr nach Hause und ging schlafen. Am nächsten Tag würde er wieder neben Iris aufwachen.

Doch als er aufwachte, lag Iris nicht neben ihm und Wienke war nicht aus seinem Kopf verschwunden. Er war der Einzige, der wusste, wo sie war.

Iven verließ seine Wohnung und klingelte beim Nachtclub. Eine Thailänderin machte ihm auf. Die Stühle waren hochgestellt und es wurde gesaugt. Er ging durch zum Büro und betrat es, ohne anzuklopfen. Der Slowake war nicht da. Iven setzte sich und wartete.

Die Wasserwüste tauchte wieder zu seiner Linken auf. Krähen verfolgten einen Fischreiher.

Er hatte Wienke die Namen ihrer Eltern gesagt, um seine Ruhe zu haben. Aber Wienke war nicht aus seinem Leben verschwunden, sondern stöberte in der Vergangenheit herum und kratzte alte Gewissensbisse auf. Iven hatte das Wort, das er Elke Haien gegeben hatte, nicht gehalten. Statt auf Wienke aufzupassen, hatte er sich aus der Verantwortung gestohlen.

Diesmal konnte er sie nicht allein lassen.

Iven hörte Stimmen aus dem Barraum. Vor ihm saß

der Slowake am Schreibtisch und traktierte die Tastatur des Computers.

»Wie spät ist es?«

Als er Iven hörte, blickte der Slowake auf und grinste ihn verschmitzt an.

»Halb zwölf. Du hast seit knapp zwei Stunden Dienst. Ich habe Georg rausgeschickt.«

»Ich habe sechs Stunden geschlafen?«

»Die Kleine hat dich wohl geschafft, was? Ich dachte mir, stör ihn mal nicht. Er hat ja nur ein Bett in seiner Bude.«

Auf einen Schlag war Iven hellwach.

»Ich kann heute nicht arbeiten.«

»Gestern nicht, heute nicht. Wie stellst du dir das vor?«

»Hör zu, ich brauche ein Auto.«

Der Slowake wurde ernst.

»Hast du Ärger?«

»Nein. Ich fahre zurück.«

»Zurück wohin?«

»Zurück halt. An die Küste. Gibst du mir Urlaub?«

»Was ist mit deinem Auto?«

»Haben die Bullen. Ich war besoffen. Der Lappen ist auch weg.«

»Nach so langer Trockenheit ist der Durst mächtig, was?«

»Was ist mit Urlaub?«

»Urlaub ist kein Problem. Du hast deinen fünfzehn Jahre lang aufgespart. Aus einem Urlaub kommt man aber zurück. Gerade bin ich mir nicht so sicher, ob du wiederkommst.«

»Was meinst du?«

»Du hast dich fünfzehn Jahre lang nicht um die Sache gekümmert. Sei doch froh, dass du damit nichts mehr zu tun hast.«

»Ich habe mit der Sache etwas zu tun.«

So entschlossen hatte der Slowake Iven noch nie gesehen.

»Wenn du was wissen willst, solltest du bei Pappe anfangen. Er hat das alte Schulhaus gekauft und wohnt jetzt im Dorf.«

Damit hatte Iven nicht gerechnet. Zu Pappe wollte er nicht.

»Was soll ich denn bei dem?«

»Der weiß von Berufs wegen alles.«

Iven kniff die Augen zusammen.

»Er muss gut verdient haben.«

Der Slowake öffnete eine Schreibtischschublade und reichte Iven eine Walther P5. Er sah ihn auffordernd an.

»Ich brauche nur ein Auto.«

Der Slowake steckte die Pistole wieder weg.

»Haien wollte auch keine.«

»Wieso Haien?«

»Ich habe ihm mal versucht klarzumachen, dass er nicht gerade zärtlich geliebt wird.«

»Lass uns hinten raus. Ich will Iris nicht treffen.«

»Sie wird nach dir fragen.«

Iven zuckte mit den Schultern.

»Du weißt nicht, wo ich bin.«

Der Slowake führte Iven zu einem alten weißen Passat und gab ihm den Schlüssel.

»Schmuggelst du darin sonst Frauen?«

»Du musst noch tanken.«

Iven ging hoch in seine Wohnung und stopfte Unterhosen, ein Paar Socken und sein blaues Frotteehemd in eine Plastiktüte. Einen Koffer hatte er nie gehabt und nie gebraucht. Kurz nach zwei Uhr tankte er an seiner Tankstelle. Den Tankwart dieser Schicht kannte er nicht. Um halb vier aß er an einem Drive-in drei Cheeseburger und trank zwei Becher Kaffee. Dann verließ er Hamburg. Ab Tempo neunzig fing die Windschutzscheibe des Passats an zu singen. Kurz nach fünf musste Iven pinkeln und fuhr dazu bei Büsum an den Deich.

16

Am Ortseingang stand ein Schild, auf dem man lesen konnte, dass dies vor drei Jahren das schönste Dorf Schleswig-Holsteins gewesen war. Nach der Zerstörung durch den Deichbruch war es so wieder aufgebaut worden, wie es vor dreihundert Jahren ausgesehen hatte. Das behauptete jedenfalls das Schild. Tatsächlich fand Iven den neuen Ort schöner als den alten. Er musste sich anstrengen, um das Dorf wiederzuerkennen.

Es gab eine Vielzahl von typisch friesischen Strohdachhäusern, denen man nicht ansah, dass es Neubauten waren. Die Dächer der Katen waren tief heruntergezogen, sodass sie das neue Datum ihrer Häuserfronten beinah verdeckten. Nur eine Handvoll alter Gebäude war übrig geblieben, unter ihnen das Schulhaus, die Mauer dicht mit Kartoffelrosen bestanden. Den Asphalt, der vor der Sturmflut gerade frisch gegossen worden war, hatte man wieder von der Straße geschlagen und das alte Kopfsteinpflaster freigelegt. Die Häuser der Dorfstraße hatten gehäkelte Vorhänge und Beschläge an den bunt gestrichenen Türen. Es gab eine Fremdenverkehrszentrale, einen Töpferladen, zwei Antikmärkte, die Kneipe ›Zum dicken Fritz‹, die jetzt ein handgeschnitztes Schild hatte, eine Eisdiele und am Deich einen Kiosk. Efeu rankte an den Fassaden empor. Die Rosen hatten gelernt, ihre Knospen vor dem Wind wegzuducken. Sie krümmten sich gegen den Putz. Im großen Hotelkomplex vor dem Ort war ein griechisches Restaurant untergebracht, das ›Bacchus‹ hieß und von den Einheimischen ›Backhus‹ eingedeutscht wurde.

Das Rathaus, Haiens Rathaus, war abgerissen worden. Die schmucklose, aus Felsblöcken gebaute Kirche hatte nach dem Vorbild Husums einen Brunnen bekommen. Der gedrungene Glockenturm war auf dem Schild am Ortseingang abgebildet. Die Fassade war erst kürzlich mit einem Sandstrahler gereinigt worden. Der Vorhof wurde von einer weiß getünchten Steinreihe eingefasst.

Dem Dorf sein altes Aussehen zu geben, war eine Idee, die schon vor der Sturmflut existiert hatte. Aber der Bürgermeister Hauke Haien steckte alles Geld in den Deichbau.

Der Hotelkomplex an der neuen Straße zum Deich strahlte weiß. Über Ostern waren ein paar Touristen da gewesen, aber sie waren längst wieder abgereist und die Sommersaison hatte noch nicht angefangen.

Iven holperte mit dem Auto das Kopfsteinpflaster der Dorfstraße entlang. Es war halb acht. Er parkte gegenüber dem alten Schulhaus, in dem jetzt Pappe wohnte, zog die Handbremse an, arretierte das Lenkrad und stieg aus. Auf dem ehemaligen Pausenhof hinter der halbhohen Mauer stand ein Apfelbaum, aus dem die Spatzen lauthals krakeelten. Sie ließen sich auch nicht stören, als Iven sich wieder ins Auto setzte und die Tür zuschlug.

Im Schulhaus waren die Vorhänge noch vorgezogen und die Zeitung steckte in einer Mauerlücke des ebenfalls reetgedeckten und rosenbewachsenen Torbogens neben dem Briefkasten.

Iven kurbelte das Fenster auf, schmeckte das Salz in der Luft, schob den Sitz nach hinten und drehte die Rückenlehne hinunter. Er schloss die Augen. Seine Pupillen juckten unter den Lidern. Das Gefühl für den Tagesrhythmus der anderen Menschen kam nur schleppend wieder.

Den Vorsatz, Pappe zu wecken, hatte er in dem Moment aufgegeben, als er die Straße zum alten Schulgebäude überquerte. Die Luft vom Meer hatte einen Dunstfilm vor die Sonne gezogen. Doch man ahnte schon die kommende Hitze des Tages. Die Straße lag friedlich im gebrochenen Licht. Ein schmuckes Dorf erwachte aus seinem nächtlichen Schlummer. Die Läden hingen noch müde vor den Fenstern. Gänse schnatterten, Schweine grunzten in einem Verschlag.

Das Verantwortungsgefühl, das sich in Hamburg immer mehr aufgestaut hatte, bis es schließlich keinen Aufschub mehr duldete, zerfloss in den wenigen Metern von einem abgeflachten Bordstein zum gegenüberliegenden.

Er war, wo er nie wieder hatte sein wollen, und es schien so falsch und verrückt wie die Frau, wegen der er diese Reise auf sich genommen hatte. Eine Durchgedrehte, die ihre Haustiere häutete. Ein starrköpfiges Weib, das mit toten Viechern redete und nun beschlossen hatte, ihre verstorbenen Eltern zu suchen.

Iven schlug die Augen auf. Er stieg wieder aus dem Auto und ging durch das Tor auf den ehemaligen Schulhof. Hier hatte er als Junge Fußball gespielt.

17

Auch im Seitentrakt des Schulgebäudes waren die Fenster noch verhängt. Iven legte sich zurecht, was er Pappe fragen wollte. Er klingelte. Niemand öffnete. Beim zweiten Mal klingelte Iven länger als vorher und lauschte dann auf Geräusche hinter der Tür. Doch auch diesmal blieb alles still. Iven trat einen Schritt zurück und schaute, ob sich vielleicht im oberen Stockwerk etwas rührte, eine Gardine zur Seite geschoben, ein Fenster geöffnet wurde. Er rief laut Pappes Namen. Dann ging er um das Haus herum.

Hinter der Schule lag ein alter Obstgarten. Die Bäume waren unbeschnitten und ihre geilen Triebe glichen

Speeren, die in die Rinde der Äste getrieben waren. Das Gras war ungemäht und glitzerte vom Tau. Durch den nassen Rasen zog sich eine Spur von der Hintertür des Gebäudes zu einem kleinen gemauerten Gartenhaus, das hinter den Obstbäumen lag. Er ging zu der Laube.

In dem Moment, als er die Klinke berührte, wurde die Tür von innen aufgestoßen und Pappe stand vor ihm. Er hatte kurz geschnittenes Haar, das an den Schläfen grau wurde, ein kantiges Gesicht und trug eine tropfenförmige Brille mit Goldrand. Von der linken Wange bis zum Mundwinkel zog sich eine breite lila Narbe, die er vor fünfzehn Jahren noch nicht gehabt hatte. Er hatte eine Gartenschürze umgebunden und seine Hände steckten in Festmachern, mit denen er einen Grillrost hielt.

Dem Schuppen entstieg ein süßlicher Geruch.

Pappe erschrak, als Iven unvermittelt vor ihm stand. Er versuchte, sich zu erinnern, woher er den Mann kannte. Iven fiel aus dem Stegreif nicht mehr ein, was er eigentlich fragen wollte.

»Ich habe geklingelt. Niemand hat aufgemacht.«

Als er Ivens Stimme hörte, hellte sich Pappes Gesicht auf.

Jetzt wusste er, wen er vor sich hatte.

»Iven Johns. Aus Hamburg. Hauke Haiens ehemaliger Knecht.«

»Ja. Guten Morgen.«

Iven streckte Pappe seine Hand entgegen. Der stellte den Grillrost ab, zog seine Handschuhe aus und schüttelte sie mit einem festen Händedruck.

»Ich habe die Fußspuren gesehen. Und da dachte ich …«

»… schau ich doch mal nach, ob Johann Pappe nicht schon seinen Grill reinigt. Sie haben recht gehabt.«

So erinnerte sich Iven an Pappe. Man wusste nie, wie er das, was er sagte, meinte.

»Ich komme später wieder. Entschuldigung.« Iven wandte sich ab.

»Aber nein. Bleiben Sie. Das hier hat Zeit. Möchten Sie einen Tee?«

Pappe machte eine einladende Handbewegung in Richtung Haus. Iven trottete ihm hinterher.

Das Haus war heller, als es von außen wirkte. Der ehemalige Klassenraum war jetzt das Wohnzimmer. Die Wände wurden von einer rot-grünen Armee Bücherrücken belagert.

»Was führt Sie hierher nach all den Jahren?« Pappe war mit Teekanne, Kandis und zwei kleinen Porzellantassen aus der Küche gekommen, die ohne Tür in das Wohnzimmer überging. Er reichte Iven eine Tasse.

»Ich suche eine Frau. Sie muss gestern hier angekommen sein. Wissen Sie vielleicht, wo sie ist?«

Pappe schüttelte den Kopf.

»Woher soll ich das wissen?« Iven rückte auf seinem Stuhl ein Stück zur Seite. Pappe roch aus dem Mund.

»Ich dachte, weil Sie alles wissen, was hier im Ort passiert.«

Haiens alter Knecht benahm sich so hölzern, dass Pappe die plumpe Bemerkung überging.

»Ich weiß durchaus nicht alles, was hier passiert. Ich

weiß einiges darüber, was hier passiert ist. Aber das ist eine Weile her. Wer ist die Frau denn?«

Auf diese Frage war Iven vorbereitet.

»Elisabeth Schmidt. Sie kommt aus Hamburg und hat ein paar geistige Probleme.«

Pappe blickte Iven fragend an.

»Sie ist verrückt. Aus einem Heim.«

Pappe nickte. Iven spulte seinen vorbereiteten Text ab.

»Und ich befürchte, es ist meine Schuld, dass sie ausgerissen ist. Ich habe ihr von der Küste erzählt. Dabei habe ich vielleicht ein bisschen dick aufgetragen. Sie fand es irgendwie toll und stellt sich jetzt wer weiß was unter dem Watt vor. Ich glaube, sie ist auf eigene Faust hierhergekommen.«

»Vielleicht ist sie bei Nißf.«

»Wieso Niß?«

»Niß hat mit seiner Frau einen Gasthof aufgemacht.«

»Niß ist verheiratet?« Jeder im Ort wusste, dass Niß bei Frauen nicht landen konnte.

»Schon lange. Gleich nach der Hochzeit haben sie ihren Laden eröffnet.« Pappe überlegte.

»Muss im Jahr nach der Sturmflut gewesen sein.«

»Schönen Dank.« Iven erhob sich schwerfällig.

»Nichts zu danken.«

Es beunruhigte Iven, dass er seinen Klassenraum nicht wiedererkannte. Dabei hatte er hier neun Schuljahre abgerissen. Wo jetzt die Bücher standen, musste früher die Tafel gehangen haben. Aber er war sich nicht sicher.

»Wo geht es raus?«

Pappe nickte in Richtung der Küche. Eine zweite Tür führte auf den Flur, der dunkel gefliest war und in dem die tragenden Balken aus dem Wandputz gelöst und als Innenfachwerk aufgearbeitet worden waren. Früher lief hier eine kniehohe Bank die Wand entlang und eine lange Hakenreihe zog sich bis zum Ausgang. Die Haken waren nummeriert. Plötzlich wusste Iven seine Nummer wieder. Es war die Vierzehn. Und er erinnerte sich auch an den Turnbeutel, den ihm seine Mutter genäht hatte, und daran, wie sehr er sich eine richtige Sporttasche gewünscht hatte.

Pappe öffnete die Tür. Iven bedankte sich nochmals und trat mit dem Gefühl ins Freie, dass die große Pause gerade angefangen hatte.

18

In Niß' Gasthof hatte sich weder eine Wienke Haien noch eine Elisabeth Schmidt ins Gästebuch eingetragen. Harke Niß war im gleichen Alter wie Iven. Er war vor ihm Knecht auf dem Hof gewesen, als der noch Elkes Vater gehörte. Damals war Ole Peters Großknecht und schikanierte ihn nach Strich und Faden. Obwohl beide Männer später in derselben Einheit der Freiwilligen Feuerwehr waren, redete Niß mit Peters auch nach Jahren noch kein Wort. Dafür sprach er Iven manchmal an und wollte wissen, wie es auf dem Hof ging.

Iven und Niß bildeten in Peters' Gruppe den Angriffstrupp. Bei dem Brand von Antje Wohlers' Scheune waren sie gemeinsam bis zum Brandherd vorgedrungen, da stürzte der durchgeglühte Dachfirst ein. Das aus der Höhe preschende Feuer riss allen Sauerstoff mit sich. Plötzlich toste mitten im Haus ein Sturm. Iven konnte im Summen der Flammen nicht durch den Helm orten, woher der Feuerfall kam. Niß jedoch sah ihn von oben kommen und rettete Iven das Leben. Er riss ihn zur Seite und der First zertrümmerte nur einen alten Trecker. Der Rückweg aber war ihnen abgeschnitten. Die Hitze fraß sich durch die Schutzkleidung. Das Rauschen der schwelenden Luft übertönte noch das Rasseln des eigenen Atmens in der Gasmaske.

Niß zerrte ihn hoch. Er gestikulierte wild. Beide Männer stürzten durch die Feuersbrunst. Ihre Anzüge fingen Flammen. Vor ihnen tauchte die glühende Barriere der Scheunenwand auf. Sie warfen sich gleichzeitig dagegen und fielen durch das brennende Holz, als wäre es Papier. Die Bretter stoben auf und zerfielen zu Funken.

Niß und Iven landeten in der Jauchegrube, die ihre brennenden Anzüge löschte. Die Gasmasken bewahrten sie vor dem Ersticken in der Ammoniakbrühe.

Trotz der durchstandenen Feuernacht wurden Iven und Niß nie Freunde. Sie kamen miteinander aus.

Als Iven sich ein Zimmer nahm, war Niß auf See. Er hatte seinen kleinen Kutter behalten, mit dem er täglich auf Dorschfang ging. Seine Frau führte währenddessen den Gasthof. Iven kannte sie nicht. Frau Niß war zehn Jahre jünger als ihr Mann, schlank und hatte rot gefärbte kinnlange Haare, die vor ihrem volllippigen Mund schaukelten. Sie trug Leggins und einen grauen Wollpullover. Iven gab sich Mühe, ihr nicht auf die Lippen zu starren, und schaute ihr stattdessen auf den durch den weiten Wurf des Pullovers zusätzlich betonten üppigen Busen.

»Ein Zimmer.«

Sie führte ihn zum Tresen des Schankraumes, der gleichzeitig die Rezeption war.

»Für wie lange?« Sie sprach mit einem osteuropäischen Akzent.

»Ich weiß nicht.« Iven schob Frau Niß seinen Personalausweis hin. Sie schrieb die Nummer ab und nannte den Preis.

»Frühstück von acht bis zehn. Haben Sie ein Auto?«

»Ich brauche kein Frühstück. Mein Auto steht vor der Tür. Ein weißer Passat.«

»Da kann es stehen bleiben.« Frau Niß' Fingerspitzen erschienen aus dem Bündchen des Pullovers und reichten ihm aus sehr rosafarbenen Händen einen Zimmerschlüssel.

Iven warf seine Plastiktüte auf das Doppelbett. Neben dem Bett stand ein dreibeiniger Nachttisch. An der gegenüberliegenden Wand lehnte ein klappriger Kleiderschrank und vor dem Fenster befand sich ein ausrangierter Küchentisch. In der Ecke hinter der Tür war ein kleines Badezimmer mit WC, Waschbecken und Dusche.

Die Luft im Zimmer war abgestanden.

Er blieb am Fenster stehen. Hinter den Häusern des Ortes öffnete sich die flache Marsch, auf der weißer Klee schimmerte. Ein salziges, gestückeltes Land unter null. Die Linie, die die Dorfdächer von der Blöße des Himmels schied, war der Deich.

19

Als er mit Niß brennend durch die Wand sprang und sein Leben nur durch eine Schicht Asbest geschützt war, hatte Iven keine Angst gespürt. Im Moment der größten Gefahr handelten sie kühl, verfielen nicht in Panik und erlitten keinen Nervenzusammenbruch. Iven fragte sich, ob Niß die Minuten im Feuer in gleicher Erinnerung hatte, und nahm sich vor, ihn bei Gelegenheit zu fragen. Er dachte, dass im Augenblick höchster Bedrohung der Mensch keine Zeit mehr für Gefühle hat. Doch Hauke Haien stand in der Sturmflutnacht die Furcht ins Gesicht geschrieben. Er hatte Angst, wieder an den Deich zu fahren. Iven kannte ihn als hartgesottenen Mann. Was Haien sich vornahm, setzte er rücksichtslos um. Ole Peters schloss er aus allen Gremien der Gemeinde aus und isolierte ihn im Ort. Kurz bevor Haien mit seinem Deichplan rausrückte, kaufte er Peters die entscheidenden Hektar Land ab, die ihm den dicksten Batzen am neuen Koog sicherten. Peters' Gattin in spe, Vollina Haders, musste ihre gelbe Stute einschläfern, nachdem das Pferd sich auf dem Deich die Vorderläufe gebrochen hatte. Haien hatte ein Schafrost entfernt, um Vollina daran zu hindern, mit dem

Gaul über die Dossierung zu reiten. Carsten zwang er, den Hof zu verlassen, weil er über ihn lästerte. Antje Wohlers, die durch den Scheunenbrand hoch verschuldet war, nahm er das Land für einen Spottpreis ab.

Gegen den Widerstand der Bauern setzte er den Deich durch, obwohl Laster und Planierraupen ihnen die Felder verwüsteten. Entschädigungszahlungen lehnte er ab, weil der Deich zu ihrem Nutzen gebaut wurde. Um dem Ganzen die Krone aufzusetzen, boxte er auch noch den Bau einer kostspieligen Schleuse durch.

In jener Oktobernacht aber, als der Südwest auf Nordwest drehte, dunkelbraune Wolken zerfetzte und die Regenböen am Gesicht rissen, war er eingeschüchtert. Ein Zögern zerfraß seine Entschlossenheit. Der grimmige Gesichtsausdruck konnte es nicht überspielen. Er musste sich zwingen, mutig zu sein.

»Der Mond ist noch ganz jung, Johns. Der Wind ist umgesprungen auf halbe Springflut. Ich habe solchen Sturm noch nicht erlebt.«

Vor dem schmalen Mond, dessen Sichel ab und an durch den schwarzen Himmel stach, tobten irr die Wolkenschwaden. Hauke Haien war den ganzen Tag draußen gewesen und kam erst am frühen Abend zurück, um etwas zu essen, die triefende Kleidung zu wechseln und zu sehen, wie die Lage auf dem Hof war. Er untersagte Iven, mit der Feuerwehr auszurücken. Vor Wienkes Fenster hatte der Sturm einen Laden abgerissen. Haien trug Iven auf, einen Verschlag davorzunageln, bevor der Wind die Scheibe eindrücken konnte. Im Norddeichradio wurde vor einer schweren Sturmflut gewarnt. Windstärke zwölf, Tendenz zunehmend. Als Iven in Wienkes Zimmer kam, war die Scheibe bereits zerschlagen. Er beugte sich aus dem Fenster. Eine Bö riss ihm die Luft aus der Lunge. Der Regen war eisig und die Tropfen wie Messerstiche. Die alte Esche vor dem Fenster ächzte und Äste und Zweige prasselten zu Boden. Haien kam aus dem Haus. Er hatte seine alten Bundeswehrstiefel, die Wathose und die gelbe Öljacke an. Elke brachte ihn zu seinem Jeep. Sie war im Nu bis auf die Haut durchnässt. Sie küssten sich und das Wasser troff aus ihren Haaren in sein Gesicht. Iven dachte an Ann Grethe. Vielleicht hatte auch sie Angst.

Elke Haien sah ihrem Mann nach. Sie stand noch an der Auffahrt, als er schon lange verschwunden war.

Nägel im Mund und die Füße hinter ein Heizungsrohr geklemmt, um nicht aus dem Fenster geworfen zu werden, trieb Iven die Eisenstifte in das aufgeweichte Holz der Giebelfassade. Es dauerte eine gute Viertelstunde, weil er die Pausen zwischen den Sturmschlägen abwarten musste. Unten kam Ann Grethe aus dem Haus. Sie war sehr aufgeregt und lief zu Elke Haien, die noch immer starr im Unwetter stand. Ann Grethe brüllte ihr etwas ins Ohr, worauf sich Elkes Lähmung löste. Iven drehte zwei Bretter zu einem Kreuz und schob eine Spanplatte von innen dagegen. Kurze Zeit später kam Elke zu ihm, Wienke auf dem Arm. Ihre Haare klebten in nassen Strähnen am Kopf.

»Du musst mir Starthilfe geben. Ich muss zu Hauke.«

»Du kannst den Mustang nicht nehmen. Die Batterie ist zu schwach.« Iven hatte erst am Vortag den Generatorregler an der Lichtmaschine ausgetauscht. Aber abends war die Batterie schon wieder leer.

»Ich muss, Iven. Schnell.«

Iven überbrückte die Batterie mit dem Trecker. Als das Auto lief, warnte er sie nochmals.

»Du darfst den Motor nicht ausmachen. Er springt nicht wieder an.«

»Ich werde daran denken.« Dann gab sie ihm ihre Tochter.

»Pass gut auf sie auf!«

Iven ging nicht zu Ann Grethe. Er sah, wie sie den Hof verließ, aber er sprach sie nicht an.

20

Ein Mann, den Rücken Iven zugewandt, lehnte an der Theke. Frau Niß, die mit einem Geschirrtuch den Tresen abwischte, stupste ihn an. Der Mann drehte sich um. Er trug eine Postbotenuniform, kam auf Iven zu und streckte ihm die Hand entgegen.

»Tach, ich bin Sten.«

Iven grüßte mit einem Kopfnicken.

»Sie suchen das Mädchen?«

»Woher wissen Sie das?«

»Weiß jeder«, gab Sten achselzuckend zurück.

»Ich hab sie gestern hinter Husum an der Landstraße aufgegabelt und dann an den Deich gefahren.«

»Wo an den Deich?«

»Zur alten Bruchstelle.«

Iven nuschelte ein Dankeschön. Sten kippte einen Kurzen.

»Soll ich Ihnen den Weg zeigen?«

»Ich finde ihn.«

Im Dorf war jetzt mehr Verkehr. Ein paar Traktoren kamen schon vom Feld zurück. Iven fuhr am schlohweißen ›Seestern‹ vorbei. Der alte Bolzplatz war nun ein Parkplatz. Die Zuschüsse zum Wiederaufbau nach dem Deichbruch wurden in eine gigantische Bettenburg gesteckt. An einer Reihe Fahnenmasten hingen schlaff die Schnüre und tätschelten die Aluminiumstangen mit einem leisen Pling. Iven hatte den Hotelkomplex hinter sich gelassen. Sten musste der Sohn von Stina Jansen sein.

Stina war Elkes Wirtschafterin gewesen und lebte ebenfalls auf dem Hof der Haiens. Ann Grethe konnte sie nicht ausstehen und deshalb hatte auch Iven sich nie um sie geschert. Sie lebten mehrere Jahre zusammen im selben Haus und hatten kaum das Nötigste miteinander geredet. So wusste Iven auch nicht, wer Stens Vater war. Damals waren sich die Männer aus dem Dorf sicher, dass noch nicht einmal Stina es wusste. Natürlich kam auch Hauke Haien ins Gerede. Aber es hätte jeder sein können. Nur Iven hatte für die unbestreitbar sinnlichen Formen Stinas kein Auge. Er wollte Ann Grethe. Nur ein Mal hatte er Stinas fleischige Brüste gesehen.

Weil Ann Grethe aus irgendeinem vorgeschobenen Grund nicht im Haus war, musste Iven Elke bei der Geburt von Sten zur Hand gehen. Elke war damals selbst schon im siebten Monat schwanger. Die alte Trina Jans, die über zweihundert Kinder auf die Welt gebracht hatte, darunter Hauke, Elke und auch Iven, saß aufrecht in einem Sessel und keifte Kommandos. Schließlich befahl sie, dass Stina nicht liegen solle, sondern sich hinzusetzen hatte. Die Wehen waren so stark, dass sie ohnmächtig wurde. Iven musste sie unter den Achselhöhlen halten. Der Geruch des Fruchtwassers stach ihm in die Nase, als Elke die Blase mit den Fingernägeln aufstach. Das Kind sackte tiefer und Elke konnte Stens Schädeldecke im Muttermund fühlen. Da begann die Geburt zu stocken und Stina wurde in Ivens Armen immer schwerer. Schließlich stand Trina Jans auf und schlug Stina so lange ins Gesicht, bis sie zu Bewusstsein kam. Dann brüllte sie die Benommene an zu pressen, während Elke nach ihren Anweisungen unter Stina kroch und den Damm zerschnitt. Sten riss den Schnitt mit seinem Kopf zu einem klaffenden Spalt auf und sein Körper fiel Elke mit einem Schwall Blut in die Arme. Trina Jans schlug auf den Säugling ein, bis er zu schreien anfing. Dann nabelte Elke den Jungen mit einem Zwirn ab, zog Stina das Hemd hoch und legte ihr das Kind an. Es begann sofort zu saugen. Iven musste Stina noch ein paar Minuten halten, bis auch der Mutterkuchen auf den Boden geglitten war. Später am Tag kam endlich der Arzt aus Husum und nähte Stinas Dammriss.

Keine vierzehn Tage später wurde Wienke geboren, acht Wochen zu früh. Diesmal war Ann Grethe dabei.

21

Das Sietland war mit einem dichten Andelrasen überzogen. Salzastern sammelten sich dazwischen in dichten Gruppen. Schafe rupften appetitlos an den Salzschwaden. Ein graues Lamm rammte seinen Schädel gegen das Euter der Mutter, die hartherzig über das Kleine hinwegstieg.

Nach Haiens Plan sollte der Grundwasserspiegel des neuen Koogs so weit gesenkt werden, dass der morastige Untergrund austrocknete. Das Land war jedoch immer noch ein versumpfter Schwamm.

Das höhere Land war trockener, Süßwasserpflanzen lösten die Salzwiesen ab. Ein orangefarbener Trecker drehte seine Runden und verspritzte Gülle.

Wo die Nordsee sich ins Land gekrallt hatte, zog sich eine Mulde fünfhundert Meter weit in den Acker. An seiner tiefsten Stelle schimmerte das abgestandene Tümpelwasser der Wehle in tiefgrünen Farben.

Der alte Deich war gut in Schuss. Man sah es ihm nicht mehr an, dass das Wasser ihn einmal durchschlagen hatte, dass die Sturzsee einen breiten Keil aus seiner Kleie gerissen hatte. Seine Grasnarbe war dicht und das Gefälle dem neuen Deich angeglichen.

Iven stellte das Auto auf dem sandigen Seitenstreifen ab, passierte ein Drehkreuz und bahnte sich seinen Weg durch die blökenden Schafe auf der Deichkrone.

Das Wasser hatte sich zurückgezogen. Gelber Algenschaum trocknete am Fuß des Deiches. Eine Messingtafel, die an einen Findling geschraubt war, erinnerte an die Sturmflutnacht.

Etwas weiter den Deich entlang saß zu einem dunklen Klumpen zusammengekauert ein Mensch. Iven kniff die Augen zusammen. Als er näher kam, erkannte er Wienkes aschblondes Haar und den gescheckten Mantel. Die Beine an die Brust gezogen, den Kopf auf den Knien, beobachtete sie eine lärmende Männergesellschaft Austernfischer. Sie sah nicht zu ihm auf, als er neben ihr stehen blieb. Doch bevor er sie ansprechen konnte, fing sie an zu reden.

»Das Wasser hat Hände. Es greift nach Wienke.«

»Unsinn.«

»Es ist kalt.«

»Wie lange sitzt du schon hier?«

»Einen Tag und eine Nacht.«

»Komm. Steh auf.« Iven streckte ihr seine Hand hin. Ihre Finger waren kalt und weiß. Die Adern zeichneten sich blau unter der Haut ab.

»Hast du Hunger?«

Jetzt sah ihn Wienke an.

»Currywurst?«

»Ich weiß nicht. Ja, vielleicht Currywurst.«

Er zog an Wienkes Arm und sie stand mit klammen Muskeln auf.

»Kannst du gehen?«

»Ja.« Sie hakte sich bei Iven ein und stakte steifbeinig neben ihm her zum Auto.

Obwohl die Sonne jetzt voll durchgekommen war und kein Wind ging, machte Iven auf der Rückfahrt die Heizung an.

»Ich habe ein Zimmer im Dorf gemietet. Wir bleiben heute hier. Morgen bringe ich dich wieder zurück.«

»Nein.«

»Was?«

»Nein.«

»Was nein?«

»Zurück ist hier.«

Sie erreichten den Ort. Vom Kirchturm schlug es elf.

»Sieh zu, dass du wieder warm wirst. Ich besorge dir was zu essen.«

Iven brachte Wienke in sein Zimmer, ging in die Schankstube und bestellte bei Frau Niß eine Bockwurst und einen Pharisäer. Obwohl sie sich in der Küche aufgehalten hatte, als Iven und Wienke hochgegangen waren, hatte sie Ivens Begleitung nicht übersehen.

»Ist das die Frau, die Sie gesucht haben?«

»Ja.«

»Bleibt sie über Nacht?«

»Ich habe ein Doppelzimmer.«

Iven balancierte die heiße Kaffeetasse und die Bockwurst die Treppe hinauf. Die dicke Sahnehaube, die Frau Niß aus einem Spender auf den Kaffee gespritzt hatte, verhinderte, dass er plämperte. Aber als er die Türklinke mit dem Ellenbogen runterdrückte, schwappte ein Schluck auf seinen Handrücken. Er war kochend heiß und Iven verbrühte sich die Daumenwurzel.

Wienke hatte geduscht und saß nackt im Bett. Iven hatte es plötzlich eilig. Als er den Pharisäer auf den Nachttisch stellte, fiel die Bockwurst vom Teller und kullerte unter den Lattenrost. Er drehte sich mit dem Rücken zu Wienke.

»Trink das. Und zieh dir was an.«

Das verschnittene Aroma des Alkohols zog aus dem süßen Kaffee unter der Sahne hervor. Wienke nippte an der rumsatten Haube.

Wieder im Schankraum nahm Iven ein zweites Zimmer. Als er zurückkam, lag Wienke auf dem Bett und schlief. Sie hatte sich aus seiner Plastiktüte das Frotteehemd rausgesucht. Der Kragen lugte über die Zudecke. Auf der Oberlippe trocknete ein Schnurrbart aus Sahne. Ihre vom Alkohol gelöste Hand hing über die Bettkante. Die Pharisäertasse stand leer auf dem Nachttisch, die Wurst lag noch unter dem Bett zwischen Staubflusen. Der restliche Inhalt seiner Plastiktüte lag sauber und ordentlich zusammengelegt auf dem Stuhl. Iven nahm die Unterhosen und ließ das Paar Socken für Wienke.

Er schloss die Tür so leise, wie Iris es immer tat.

Sein neues Zimmer war größer und heller als das alte. Er legte die Unterhosen in den Schrank, warf sich angezogen auf das Bett und spürte, wie etwas in seiner Jackentasche drückte. Es war Pappes Buch. Er zog es heraus und schmiss es auf den Stuhl. Bis er einschlief, ärgerte er sich über die Reihenfolge, in der Frau Niß ihre Räumlichkeiten vermietete.

22

Schlagartig war Iven wach. Er hatte von Ann Grethe geträumt und eine Erektion. Aber etwas anderes hatte ihn geweckt. Draußen war es dunkel. Er hörte es wieder –

jemand sagte seinen Namen. Es war Wienkes Stimme. Er sprang auf, lief zur Tür und öffnete sie.

Auf dem Gang stand Wienke. Sie hatte wieder ihre Lederhose und ihre Fellschuhe an. Ivens Hemd trug sie noch immer. Sie drehte sich um, als seine Zimmertür aufging.

»Was ist?«

»Da bist du.« Wienke blickte ihn ruhig an.

»Wie spät ist es?«

»Weiß nicht.«

»Komm rein.« Er ging zurück in sein Zimmer und ließ die Tür offen. Wienke folgte ihm. Sie stellte sich ans Fenster.

»Die Nacht ist blind.«

Tatsächlich waren im Dorf alle Lichter erloschen. Die Sterne waren stumpf wie Kirschkerne. Ihr schwaches Licht drang nicht durch die schmutzigen Scheiben.

Iven ging zum Stuhl, nahm das Buch und gab es Wienke. »Darin kannst du lesen, wer deine Eltern waren.« Wienke nahm das Buch nicht an.

»Nein.«

»Warum nicht?«

»Wienke kann nicht lesen.« Sie hatte eine Sommersprosse auf der Wange.

»Aber du kannst doch schreiben. Ich habe dein Zimmer im Heim gesehen.«

Wienke lebte auf.

»Schön sind das A und O und das H. T und S nicht.« Iven stand auf und warf das Buch in den Müll.

»Es taugt sowieso nichts. Und jetzt bist du ja hier.«

23

Iven und Wienke fuhren zu einer Tankstelle an der Umgehungsstraße. Dort wurde Benzin aus dem im Watt geförderten Öl verkauft. Eine Handvoll Fernfahrer auf dem Weg nach Esbjerg oder Westerland stand vor der Wurstbude. Iven kaufte zwei Krakauer, um ein wenig Abwechslung in Wienkes Speiseplan zu bringen. Dann saßen sie kauend im Passat. Im Radio lief eine Sendung über Umwelt und Landwirtschaft.

Die Pelle der Wurst war kross und ein wenig verkohlt. Aber das gepökelte Fleisch überdeckte den Rußgeschmack.

Iven betrachtete Wienke von der Seite. Er überlegte, wie weit man sich an seine Kindheit zurückerinnern konnte.

»Die Laternen«, sagte Wienke in die Radiomusik hinein, die den Bericht abgelöst hatte.

»Was ist mit den Laternen?«

»Ihr Licht ist gelb. In Hamburg ist es weiß.«

»Und?«

»Gelb ist schöner.«

Sie hatte recht. Der Parkplatz war ein Mosaik aus schwarzen Löchern und gelben Bahnen, die am Rand in die Dunkelheit ausfransten. Wienke begann, ihren Kopf langsam hin- und herzubewegen. Nach einer Weile machte Iven es ihr nach. Er fixierte seinen Blick auf einen Punkt. Die rautenförmige Anordnung, in der die Lichtfäden zueinander standen, veränderte sich wie ein Kaleidoskop. Es war ein bewegliches Muster.

»Wie bist du hierhergekommen?«

»Mit dem Zug. Dann zu Fuß. Dann mit dem Postlaster.«

»Wie bist du zum Zug gekommen?«

»Zu Fuß.«

»Wie hast du den Bahnhof gefunden, wenn du nicht lesen kannst?«

Wienke sah Iven verständnislos an.

»Der Bahnhof ist doch neben Karstadt.«

Iven schob sich das letzte Stück Wurst in den Mund. Natürlich wusste sie, wo der Bahnhof war. Schließlich hatte sie auch ihn gefunden. Sie konnte sich frei bewegen. Sie war keine Idiotin.

»Schuldigung.«

»Wofür?«

»Weil ich dachte, dass du nicht weißt, wo der Bahnhof ist.«

Wienke schwieg und Iven fand, dass es beleidigt klang. Er suchte nach einem Neuanfang.

»Weißt du eigentlich, dass du anders bist?«

Wienke blickte noch immer gleichgültig aus dem Fenster.

»Bernd sagt, alle Menschen sind anders.«

»Wer ist Bernd?«

»Der Zivi.« Sie meinte den Typen mit der durchstochenen Lippe. Er hakte nicht nach.

»Du willst wissen, ob Wienke weiß, dass sie in einem Heim lebt?«

»Genau.«

»Wienke weiß es.«

»Weißt du, warum?«

»Wienke ist Geld egal.«

»Was ist dir nicht egal?«

»Meine Eltern.«

»Warum nicht?«

»Wienke will ihren Stammbaum.«

Auch sie war mit ihrer Wurst fertig. Iven ging noch einmal zur Bude und kaufte zwei Dosen Cola. Er hatte seit Jahren keine Cola mehr getrunken und mochte sie eigentlich auch nicht. Aber er hatte keine Ahnung, was er Wienke sonst mitbringen sollte. In der Schlange hatte er Zeit, sich über Wienkes Eltern Gedanken zu machen.

Cola war die richtige Entscheidung gewesen. Wienke trank die Dose mit gierigen Schlucken aus. Dann setzte sie ab und stieß auf.

»Vor fünfzehn Jahren ist der Deich an der Stelle gebrochen, wo du gesessen hast. Es war der alte Deich. Dein Vater hat einen neuen gebaut, um Land zu gewinnen. Er deichte den kleinen Meerbusen ein, den der alte Deich ausgespart hatte. Der neue Deich war breit und mächtig. Dein Vater hatte ihm ein sanfteres Gefälle gegeben. Die Flut konnte ihn nicht eindrücken. Aber den alten Deich hat sie umgerissen, als wäre er eine Sandburg. Dein Vater hat sein Möglichstes getan, um das Dorf zu retten. Aber es hat nichts genützt. Der ganze Ort ist abgesoffen. Alles stand unter Wasser. Nur das Haus deiner Eltern nicht. Es lag auf einer Warft, fünf Meter höher als die anderen. Dein Vater hatte den Ort vorsichtshalber räumen lassen. Es kam niemand zu Schaden.«

Iven erwähnte nicht, dass Haien im Jahr vor dem Bruch einen von Mäusen ausgehöhlten Abschnitt im alten

Deich nicht aufschlicken ließ, sondern nur mit einigen Fudern Stroh stopfen und ein paar Soden darüber legen ließ. Pappe hatte auch das herausgefunden und Haien damit die Schuld am Unglück in die Schuhe geschoben.

»Und Wienkes Mutter?«

»Die ist auch ertrunken.«

»Was wollte sie retten?«

»Du meinst, warum sie zu deinem Vater rausgefahren ist?«

»Sie wollte Wienkes Vater retten.«

»Dein Vater brauchte niemanden, der ihn rettete. Und deine Mutter wusste das. Sie kannte ihn. Es war nicht leicht, deinen Vater zu kennen. Er redete wenig, und wenn er etwas sagte, war es oft sehr barsch. Die meisten mochten ihn nicht. Er hatte viele Feinde im Ort. Aber deine Mutter und er waren eins.«

Iris erzählte einmal, dass ihre Mutter in der Todesnacht ihres Mannes mit seinen Augen sah, wie er gegen einen Baum fuhr. Als die Polizei am nächsten Tag an der Haustür klingelte, um ihr die Todesnachricht zu überbringen, trug sie schon die schwarze Witwentracht, die sie nie wieder auszog. Iven wandte ein, dass ihre Mutter nicht mit den Augen ihres Mannes sehen konnte, wenn er am Steuer eingeschlafen war. Jetzt jedoch gewann er der Geschichte mehr Wahrheit ab. Vielleicht hatte auch Elke solch ein Todesbild gesehen und war deshalb zu ihrem Mann auf den Deich gefahren. Wenn Iven auch über Iris' Mutter witzelte, bei den Haiens hielt er so etwas für möglich.

»Deine Mutter kam zu mir und bat mich, auf dich aufzupassen.«

Das passte nicht zu Elke. Vision hin oder her, sie war eine vernünftige Frau. Und sie liebte ihr Kind. Sie hätte die Kleine niemals wegen irgendeiner Erscheinung in solch einer Nacht zurückgelassen. Wenn sie etwas retten wollte, war es Wienke gewesen.

»Danke.«

»Was?«

»Danke, dass du Wienke gerettet hast.«

Iven zerdrückte seine leere Dose.

»Ich habe nur gemacht, was deine Mutter mir gesagt hat.«

Wienke nahm ihm die zerbeulte Dose aus der Hand und steckte ihre schmalen Finger in seine Faust. Ein Schatten lief von ihrem linken Ohr zum rechten Mundwinkel.

»Passt du jetzt auch auf Wienke auf?«

Um den Motor anzulassen, musste Iven seine Hand zurückziehen.

24

Er hatte den ganzen Nachmittag verschlafen und doch war Iven schon wieder müde, als sie zurück im Ort waren. Zu allem Übel hatte er von der Cola Sodbrennen bekommen. Er parkte vor Niß' Gasthof und suchte nach einer Möglichkeit, Wienke daran zu hindern, ohne ihn durch den Ort zu gehen.

»Ich hau mich aufs Ohr. Du solltest auch schlafen gehen.«

»Wienke ist wach. Wienke bleibt noch draußen.«

»Du bist hier nicht in Hamburg.«

»Nein.«

»Du kennst den Ort nicht. Du kannst dich verlaufen.«

»Wienke verläuft sich nicht.« Es war eine nüchterne Feststellung.

»Wienke hat den Ort im Kopf.«

»Ich komme mit.« Das vage Pflichtgefühl, das ihm in Hamburg keine Ruhe gelassen hatte, war nun so mächtig, dass es die Trägheit seines Körpers bezwang.

»Du bist müde.«

»Bin ich nicht.«

»Deine Augen sind müde.«

»Ich komme mit. Wo willst du hin?«

»Zur Kirche.«

»Die ist jetzt zu.«

Wienke öffnete die Beifahrertür und stieg aus. Iven schloss das Auto ab und folgte ihr.

In der Dorfstraße standen die Häuser direkt am Bürgersteig. Im abzweigenden Kurzen Rehm und dem quer dazu verlaufenden Kirchstieg lagen sie in ihren Gärten verborgen. Aus den Fenstern fielen vereinzelte Lichtbalken oder das blaue Flackern von Mattscheiben. Iven wunderte sich nicht mehr, dass Wienke den Weg zur Kirche tatsächlich kannte. Das Gemäuer trat aus dem Mondschatten der hohen Eichen vor ihnen. Im Feuerlöschteich hinter dem Friedhof grölte eine Unke ihr Ku-uh in die Nacht. Der Kirchturm drohte dem Himmel.

Wienke blieb stehen.

»Sie ist tot.«

»Deine Mutter?«

»Die Kirche ist tot.«

»Ich hab dir gesagt, dass sie geschlossen ist.«

»Wenn sie lebendig ist, hält sie einen fest.« Wienke wandte sich ab und ging zurück.

Wortlos folgte Iven ihr durch die Straßen, bis sie vor Niß' Pension ankamen. Das Gejohle der Unke hatte sich vervielfacht, Iven schloss die Haustür auf. Der Flur war überheizt. Aus der Schankstube dröhnte eine Fußballübertragung, Gläser klirrten und zwei Männer pöbelten sich an. Von der Treppe warf Iven einen kurzen Blick in den Raum. Einer der Männer war Niß. Aber Iven war zu kaputt, um mit ihm zu reden. Die Schlafschwere war mit einem Schlag wieder da. Er stieg hinter Wienke die knarrende Treppe hinauf. Vor ihrem Zimmer blieb sie stehen. Sie öffnete die Tür, die nicht abgeschlossen war. Dann drehte sie sich zu Iven um.

»Wo ist Wienkes Haus?«

»Morgen zeige ich es dir. Gute Nacht.«

Als sie die Tür hinter sich zumachen wollte, hielt Iven sie noch einmal zurück.

»Sperr hinter dir ab, ja?«

»Man darf die Tür nicht abschließen.«

»Wieso nicht?«

»Dann kann keiner hinein.«

»Diese Tür darfst du abschließen. Du bist nicht im Wohnheim. Diese Tür musst du sogar abschließen.«

Wienke gab Iven den Schlüssel.

»Mach du.« Sie zog die Tür zu.

25

Die Sonne rieb den Frühnebel über dem Meer auf.

Iven erwachte erst nach acht und zog sich schnell an. Er brauchte neue Sachen zum Anziehen, wenn Wienke weiter sein Hemd trug.

Auf dem Gang lauschte er an ihrer Zimmertür. Das Wasser der Dusche rauschte. Er schloss auf, öffnete die Tür aber nicht. In der Wirtschaft traf er Niß, der ihm zunickte.

»Gestern habe ich das Frühstück abbestellt, nun brauche ich es doch.«

»Für zwei Personen?«

»Ja.«

Niß brüllte den Namen seiner Frau, ohne sich umzudrehen.

»Zweimal Frühstück!« Er nickte Iven noch einmal zu.

»Geht klar, Johns.«

»Kann ich es mit auf das Zimmer nehmen?«

»Ja. Kannst du machen.«

Niß war schon immer ein stämmiger Mann gewesen. Er kam ursprünglich aus dem Nachbarort in der Geest und Iven kannte ihn schon seit den ersten Eishockeyspielen und Boßelturnieren. Iven hatte für die Marschauswahl gespielt und Niß gehörte zu den Geestleuten. Später, als er die Stelle bei Tede Volkerts bekam, zog er in die Marsch um und Ivens Mannschaft hatte einen Torwart, der sich ohne Furcht vor Kufen oder Stöcken in jedes Gewühl stürzte. Aus dem vierschrötigen Mann mit dem breiten Kreuz war in den Jahren, in denen Iven ihn nicht gesehen hatte, ein dicker Wirt geworden, dessen vom Alkohol geblähter Wanst über dem Gürtel hing und unter dessen Kinn sich ein zweites, knochenloses wölbte. Seine Nase war rotporig und geschwollen. Haarbüschel wucherten ihm aus den Nasenlöchern, Iven sah zu, wie er Kaffee aus einer Frischhaltedose in einen Filter schaufelte und Milch aus einem Tetrapack in ein kleines Kännchen goss. Niß fragte ihn nicht, was er in all den Jahren gemacht hatte. Wie es Niß ergangen war, konnte Iven sehen. Die Kaffeemaschine begann zu blubbern und aus dem Filter stieg der verdampfende Duft. Iven suchte nach dem bitteren Geschmack, der sein Aufstehen über Jahre hinweg begleitet hatte, jetzt aber nicht da war. Niß stellte zwei weiße, schmucklose Kaffeetassen auf das Tablett, das er vor Iven auf den Tresen geschoben hatte. Ihre Blicke begegneten sich kurz. Niß' linke Iris war milchig verschwommen. Aber auch das gesunde Auge sah stumpf aus.

»Nicht auf See?«, fragte Iven, um etwas zu sagen.

»Nee.«

»Warum nicht?«

»Ich wollte dich sehen.«

Iven war überrascht. Umso mehr, als Niß die ganze Zeit, die Iven wartete, nichts zu ihm gesagt hatte und sich auch jetzt wieder in sein Schweigen zurückzog.

»Kann ich dich mal was fragen?« Iven lud sich Zuckerstücke auf das Tablett.

»Was?«

»Damals im Feuer in der Scheune.«

»Ja.«

»Hattest du Angst?«

Niß blickte ihn aus vernebelten Augen an. Dann klopfte er sich auf den Bauch.

»Siehst du meine Wampe? Seitdem trinke ich, um schlafen zu können. Scheiße.«

Frau Niß kam aus der Küche und legte auf jedes Tablett zwei aufgebackene Brötchen, ein kleines Päckchen Butter und ein Döschen Marmelade.

»Ich schreibe es auf die Rechnung. Wo sitzen Sie?«

»Er nimmt es mit hoch.«

26

Wienke und Iven stiegen um kurz vor neun in den Passat. Die Luft im Auto hatte sich bereits aufgeheizt. Für Mitte Mai war es zu warm. Trotzdem behielt Wienke ihren Mantel an.

Auf der Dorfstraße fuhren sie am Postlaster vorbei, der halb auf dem Bürgersteig parkte. Wienke drehte sich nach ihm um.

»Das ist Stens Laster«, sagte sie. Im Rückspiegel sah Iven, wie Sten aus dem Haus trat, seinerseits Ivens Passat erkannte und ihm nachblickte.

Die Sonne züngelte an der blinden Heckscheibe, als sie vor der Warft auf dem Kiesweg parkten. Die Stachelbeeren blühten. Lang gestreckt thronte Wienkes Elternhaus auf der Anhöhe. Die Krone der mächtigen Esche warf ihren Schatten bis an die Haustür und raschelte im Seewind.

Sie stiegen aus und Iven, dem ein Schweißfluss von den Achselhöhlen abwärts rann, inhalierte erleichtert die schwache Brise vom Meer. Die stickige Luft im Auto hatte ihm seinen Kaffeegeschmack mit Macht in den Mund zurückgetrieben. Ein Maikäfer brummte. Wienke ging die zehn Meter der Auffahrt hoch auf das Haus zu. Ihre Schritte knirschten im Kies. Sie blieb stehen, legte den Kopf schief und bewegte sich nicht mehr.

Der Hof und das Haus waren in einem schlechten Zustand. Die Steine waren verwittert, die Eichentüren von der Sonne ausgeblichen und von den Läden blätterte die grüne Farbe. Das Reet des Daches war vermodert und musste dringend erneuert werden. Auf der Ostseite, wo früher Ann Grethes Zimmer war, klebten Rauchschwalbennester. Das Silo gegenüber war neu, aber bereits rostfleckig. Ein lindgrüner Trecker stand vor den offenen Schiebetoren der Scheune und ein Pick-up parkte vor dem Haus. Es war kein Mensch zu sehen. Iven schloss zu Wienke auf.

»Hier bist du geboren. Das ist das Haus deiner Eltern.« Wienke musterte das Gebäude.

Hinter dem Haus schepperte es metallen. Ein mächtiger Schäferhund kam um die Ecke gehetzt. Hinter ihm schleifte seine Kette. Mit langen Sprüngen hechtete er über den Hof auf sie zu. Als er den halben Weg heran war, tauchte ein Mann hinter dem Haus auf und brüllte dem anstürmenden Hund »Zurück, Rex, sitz!« hinterher. Doch der Hund reagierte nicht. Iven bückte sich, ohne den Hund aus den Augen zu lassen, und tastete nach einem Stein. Aus den Augenwinkeln sah er Wienke, die sich nicht regte. Der Mann schrie wieder. Iven sah die hängenden Lefzen des Hundes. Seine Hand fasste einen flachen Flintstein. Als Iven den Arm zum Wurf erhob, fing Wienke den Blick des Tieres mit ihrem Blick auf. Der Hund setzte nicht zum Sprung an, sondern bremste seinen Sturmlauf ab. Ivens Stein schepperte gegen das Silo. Hechelnd verharrte der Hund vor Wienke.

»Perle«, sagte sie und beugte sich zu ihm hinab. Sie streichelte den Rüden zwischen den Ohren, wo sein Fell bereits grau war. Perle war ihr Hund gewesen. Hauke Haien hatte Wienke den Hund als Welpen geschenkt. Iven hatte ihn in der Flutnacht im Haus zurückgelassen.

Um den Deichbau noch vor dem Winter abzuschließen, hatte Haien im Herbst zusätzlich zwei Dutzend Arbeitslose angestellt. Täglich war er draußen und überwachte sie, denn er war mit den zusätzlichen Kräften nicht zufrieden. Die Männer kamen spät zur Arbeit und häufig fehlte jemand. Sie maulten über den schweren Lehm, durch den sich das Wasser nicht durchspülen konnte und den Haien extra aus Tönning heranschaffen ließ, und sie jammerten über Rückenschmerzen. Wie die Leute im Dorf den Slowaken verachteten, so hielt Haien die Hilfsarbeiter für faules Gesocks. Als die letzte Fuhrladung Kleie angeliefert wurde, kam Haien früher an den Deich als gewöhnlich. Ein heftiger Novemberregen ging über dem Meer nieder. Die Männer standen zusammengerottet mit dem Rücken zu ihm. Als er näher kam, hörte er sie lachen. Sie hatten einen Schäferhundwelpen in das Lehmbett geworfen und schmissen nun mit

Steinen und Erdklüten nach ihm. Der kleine matschige Hund winselte und versuchte, die glitschigen Hänge heraufzukriechen. Aber immer, wenn er gerade ein wenig Halt gefunden hatte, traf ihn ein neuer Stein und warf ihn in die Grube zurück. Das Tier blutete auf der Stirn. Haien war zwar ein kaltherziger Mann, aber selten wurde er wütend. Als er sah, womit sich die Arbeiter ihre Zeit vertrieben, geriet er außer sich. Weniger aus Mitleid mit der geschundenen Kreatur als aus Zorn über die Männer trat Haien einem Arbeiter von hinten den Spaten weg, auf den er sich stützte. Der Mann war so überrascht, dass er sich nicht abfangen konnte. Er verlor den Halt, rutschte auf dem schmierigen Grund aus und stürzte in das Loch, wo er den Hund unter sich begrub. Das Tier nutzte seine Chance und biss dem Mann in die Hand. Und obwohl er den Hund schreiend im Kreis hin und her schleuderte, um ihn abzuschütteln, öffnete das Tier den Kiefer nicht.

Die anderen Männer fuhren herum. Haien las die Feindseligkeit an ihrer Haltung ab. Diese Leute hassten ihn so, wie er sie verabscheute. Er streckte den Arm aus und seine Stimme schnitt in die Stille.

»Den Hund.«

Die Männer rührten sich nicht. Sie packten ihre Spaten nur fester.

»Komm hoch und bring mir den Hund«, rief Haien dem schreienden Mann in der Grube zu.

Ein untersetzter Kerl trat aus der Gruppe. Haien hatte ihn noch nie gesehen. Auf seine Tränensäcke waren Kreuze tätowiert.

»Das ist mein Hund.«

»Dann gehst du runter und holst ihn.«

»Sie haben nicht verstanden. Das ist mein Hund und ich will, dass er da unten bleibt.«

Hauke trat einen schnellen Schritt nach vorn, packte den Mann an den Haaren und zerrte seinen Kopf herunter. Der Mann heulte auf. Die Übrigen schoben sich drohend auf Haien zu. Da riss er den Mann an den Haaren nach vorn, sodass er zu Boden stürzte. Der von Haien in die Grube gestoßene Arbeiter hatte sich inzwischen wieder hochgekämpft. Er hielt sich die blutige, vom Hund zerbissene Hand. Der Welpe hing an seinem Hosenbein. Als der Mann sich über den Kuhlenrand wälzte, sprang auch der Hund in Sicherheit. Er rannte den Deich entlang davon. Mit der Flucht des Hundes entwich die Spannung aus der Gruppe. Die Männer hatten nichts mehr zu verteidigen. Haien befahl, das Loch zuzuschütten. Er schickte den Verletzten zum Arzt und kündigte an, in zwei Stunden wiederzukommen. Die Leute nahmen die Arbeit ohne weiteres Genöle auf. Haien fuhr dem Hund hinterher. Als das Tier den Motor hinter sich hörte, wandte es sich um und stellte sich zum Kampf. Das gefiel Haien. Er stieg aus und ging auf den Hund zu.

»Du lässt dich nicht unterkriegen, was?«

Das gesträubte Nackenhaar des Hundes glättete sich langsam unter der beruhigenden Stimme. Haien redete eine Weile auf das Tier ein. Schließlich folgte ihm der Hund zum Auto. Er öffnete die Beifahrertür und der Welpe sprang in den Jeep.

Iven lag unter dem Trecker, als Hauke Haien auf den Hof fuhr. Er sah die knochigen Beinchen der kleinen Wienke, die ihrem Vater entgegenliefen. Haien stieg aus und ließ auch den Hund herausspringen. Der tollte gleich über den Hof. Das Blut auf seiner Stirn hatte sich mit Lehm vermischt und war getrocknet. Iven kroch unter dem Trecker hervor. Haien beugte sich zu seiner Tochter hinab.

»Willst du ihn haben?«

Wienke nickte.

Haien rief Ann Grethe und trug ihr auf, das Tier zu waschen. Die zierte sich, weil sie bereits Feierabend hatte. Aber Haien ließ keine Widerrede zu.

»Als Erstes muss das Tier geschrubbt werden.«

»Nein, als Erstes braucht es einen Namen«, sagte Wienke ernst.

»Und welchen?«, fragte ihr Vater belustigt.

»Perle«, sagte Wienke.

Nach dem Zwischenfall am Deich wurde Haien vom Slowaken gedrängt, sich eine Pistole zuzulegen.

27

In den letzten fünfzehn Jahren war Perle zu einem wuchtigen und Furcht einflößenden Hund geworden.

Sein Fell war struppig und ungepflegt. Vor den Ohren, wo Wienke ihn jetzt kraulte, lief eine Narbe über seine Stirn.

Der Mann, der den Hund »Rex«gerufen hatte, war nun herangekommen. Iven erkannte ihn. Schon als er von der Landstraße zur Warft abbog, hatte Iven das Schild ›Peters & Söhne‹ gesehen.

»Ich hab schon gehört, dass du wieder hier bist.« Ole Peters' Stimmbänder raspelten heiser wie früher. Er streckte Iven eine schrundige Hand entgegen. Der Daumennagel war gesprungen. Iven schüttelte sie. Dass Peters hier auf dem Hof der Haiens lebte, ging über seine Begriffe.

»Wer ist die? Deine Frau? Wieso bellt der Hund nicht?« Iven war froh, dass Peters seine Angewohnheit nicht verloren hatte, alles auf einmal zu fragen. So konnte er sich die Frage aussuchen, auf die er antworten wollte. »Sie kann gut mit Tieren.«

»Sieht ganz so aus. Und du? Was willst du hier? Was hast du die ganze Zeit gemacht?«

Peters war stärker gealtert, als es die Jahre erzwungen hätten. Bis auf einen grauen Kranz hatte er keine Haare mehr. Die Haare über den Ohren standen eigensinnig ab. Er glich einem Vogel in der Mauser. Die Glatze war wettergegerbt, das Gesicht rissig. Falten hatten den verbissenen Ausdruck um den Mund zementiert.

»Ich war in Hamburg. Tankstelle.«

»Und jetzt? Urlaub? Früher oder später zieht es einen zurück, oder? Wollt ihr reinkommen?«

»Vielleicht ein andermal. Ich wollte ihr nur mal das Haus zeigen.« Iven deutete auf Wienke, die bis jetzt den Hund gestreichelt hatte und nun aufstand. Er sah ihr an, dass sie in das Haus wollte. Aber das Haus gehörte Peters.

Er nahm Wienke am Arm und zog sie weg. Ihr Körper sperrte sich, aber er lockerte den Griff nicht und so folgte sie ihm widerstrebend.

Peters befestigte Rex' Kette mit einem Schekel an der Hundehütte, während sie zum Passat gingen.

Sie fuhren, ohne zu reden, zur Pension zurück.

»Ich hole meine Sachen. Dann bezahl ich und wir fahren zurück nach Hamburg.«

»Wienke ist noch nicht fertig.« Sie öffnete die Tür und stieg aus. Der überstürzte Aufbruch von Peters' Hof gab ihr recht. Iven verrenkte sich den Hals, um durch die Beifahrertür mit ihr zu reden.

»Der Mann auf dem Hof war Ole Peters. Er war nach deinem Vater der mächtigste Mann hier im Ort. Beide konnten sich nicht leiden. Sie waren Feinde.«

»Konntest du Wienkes Vater leiden?«

»Ich habe für ihn gearbeitet.«

Niemand im Ort konnte Haien leiden. Er wusste, dass er allen überlegen war, und ließ es die anderen spüren. Einzig Iven empfand Haien gegenüber etwas anderes als Ohnmacht. Es war etwas, das ihn gleichzeitig abstieß und anzog. Es war Haiens Ehrgeiz. Es war das Unzufriedene, das von ihm ausging. Als einziger Mensch, den Iven jemals kennengelernt hatte, weigerte sich Hauke Haien, etwas hinzunehmen. Er glaubte an keinen Brauch und hielt sich an keine Tradition. Er ließ noch nicht einmal dem Meer seine natürliche Grenze.

»Wieso sind wir weggefahren?«

»Ich weiß nicht. Ich habe nicht damit gerechnet, Peters zu treffen. Jedenfalls nicht auf dem ehemaligen Hof deiner Eltern. Nun wohnt da der Mann, der deinen Vater immer bekämpft hat.«

»Wienke will in das Haus.«

Iven begrub seine Hoffnung, heute nach Hamburg zurückzukehren.

»Wir fahren wieder hin. Aber nicht jetzt.«

»Was jetzt?«

»Jetzt fahren wir nach Husum und kaufen uns etwas zum Anziehen.«

»Du fährst allein.«

Iven verlor die Geduld. Jetzt wurde sie auch noch kiebig.

»Hör zu. Du trägst mein Hemd und meine Socken. Ich habe keine Wäsche zum Wechseln mehr. Und deshalb fahre ich jetzt in die Stadt und du kommst mit.«

»Es ist ein schönes Hemd.«

»Das ist es. Aber es ist mein einziges.«

»Wienke kauft es dir ab.«

Sie griff in die Innentasche ihres Mantels und drückte ihm ein paar Hundertmarkscheine in die Hand. Obwohl sie damit ihre Schulden ihm gegenüber mehr als beglich, stachelte sie Ivens miesepetrige Stimmung nur noch weiter an. Die Selbstverständlichkeit, mit der sie ihn immer bezahlen ließ, hatte ihn zwar gefuchst, aber aushalten lassen wollte er sich noch lange nicht. Trotzig nahm er das Geld. Dann fuhr er eben allein.

»Soll ich dir was mitbringen?«

»Ja, was Schönes.« Sie blieb wartend vor dem Wagen stehen.

»Was ist?«, fragte Iven harsch.

»Du sollst abschließen.«

Er war geladen. Obwohl sie nicht ganz richtig im Kopf war, strahlte sie dieselbe Arroganz aus wie ihr Vater. Sie bestimmte, was getan wurde. Iven gehorchte. Er brachte ihr Frühstück, er fuhr sie herum, kaufte ihr Klamotten, war ihr Kindermädchen.

Er zog den Schlüssel aus der Tasche und warf ihn Wienke vor die Füße. Er war ungerecht. Immerhin war es sein Wunsch gewesen, dass sie ihr Zimmer abschloss, wenn sie allein war. Er wusste, dass er ungerecht war. Aber er konnte nicht dagegen an.

28

Gegen halb drei klingelte das Telefon. Johann Pappe war einer der Ersten, der es erfuhr. Im Dorf war es zur Gewohnheit geworden, ihn bei allen Dingen, die nicht in das Korsett des Alltags passten, zu informieren. Dieser Anruf kam vom Lokalredakteur des ›Husumer Tageblatts‹. Ein Wal lag vor dem alten Deich am Strand.

Durch die veränderten Strömungsverhältnisse nach dem Deichbau wurde der Sand zwar jedes Jahr weggespült, der aufkommende Tourismus hatte jedoch dafür gesorgt, dass er regelmäßig wieder aufgeschüttet wurde.

Als Pappe eintraf, lebte der Wal noch. Eine Meute Hunde kläffte um den Meeresriesen herum und zwei Männer versuchten mit Knüppeln, die Tiere fernzuhalten.

Es war ein Pottwal, der wie ein überdimensionaler umgestürzter Kegel im Sand lag. Der ungeschlachte, stumpfe Schädel rundete sich gleich hinter den Augen zu einem torpedoförmigen Bauchwulst. Pappe schätzte ihn auf vierzehn Meter. Der quadratische Kopf war mannshoch. Sein Unterkiefer war in den Sand gebohrt.

Angler hatten ihn am Morgen entdeckt und die Polizei verständigt. Gegen elf Uhr war von der Seehundaufzuchtstation ein Zoologe gekommen. Er hatte sofort erkannt, dass dieser Wal nicht zu retten war. Der Meeressäuger war durch das auflaufende Wasser bis dicht vor den Deich gebracht worden und lag jetzt, zur Ebbe, fast zwei Kilometer vom Meer entfernt in der prallen Mittagssonne. Es gab keine Möglichkeit, den Koloss über eine solche Strecke zurück zum Meer zu schleifen, ohne dass seine Haut durch das eigene Körpergewicht völlig aufgerieben worden wäre. Die verbleibenden fünf Stunden bis zur nächsten Flut würde er an einem Tag wie diesem kaum überstehen.

Pappe wartete ein Interview mit dem Reporter vom ›Tageblatt‹ ab, dann sprach er den Zoologen an.

Der Seehundforscher nahm sich wichtig. Er war der Einzige mit Fachkompetenz vor Ort, bis die Kieler Gruppe vom Meeresbiologischen Institut eintraf.

»Ein Weibchen«, sagte der Zoologe. »Und das ist eigentümlich. Die Walbullen suchen manchmal bewusst den Tod an Land, lassen sich antreiben, und wenn man sie wieder rausschleppt, machen sie gleich kehrt und schwimmen ans Ufer zurück. Sie wollen nicht gerettet werden. Manchmal folgt ihnen ihre Herde in den Tod. Das ist jedoch selten und ein Auswuchs der Natur. Die

Gruppe folgt ihrem Führer, auch wenn der schon mit ihr abgeschlossen hat. Dieses Weibchen ist jedoch allein. Es ist ein junges Tier, aber geschlechtsreif.«

»Vielleicht ist es krank?«

»Das ist die einzige Erklärung. Irgendetwas mit seinem Orientierungsvermögen.«

»Kann man nichts tun, um das Tier zu retten?«

»Nichts. Es siedet in seinem eigenen Tran.«

»Was passiert mit dem Kadaver?«

Der Zoologe zuckte mit den Schultern.

»Er wird zu Tiermehl zermahlen. Bis letztes Jahr hat man es an Schweine verfüttert. Aber jetzt geht es in die Müllverbrennung. Zu viele Schadstoffe. Die Wale sind mit Flammschutzmitteln verseucht. Ihre Organe sind belasteter als Klärschlamm. Dem Wal muss der Bauch aufgeflenst werden, sonst explodiert er wie eine Bombe. Der Magen entwickelt in dieser Hitze Faulgase. Wenn der platzt, könnt ihr einen neuen Deich bauen.«

Pappe setzte sich ein paar Meter weiter auf den Deich, da der Wagen mit den Meeresbiologen ankam. Der Wal glaste ihn aus kleinen Knopfaugen an.

»Er ertrinkt an Land«, dachte Pappe. Er zog ein kleines Notizheft aus der Jacke und blätterte, bis er eine freie Seite fand. Dann schrieb er ein Gedicht über den Wal. Das Tier erlebte den Tod als Erlösung zu vollkommener Schönheit. Das war ein alter Gedanke von Pappe. Es gibt nur spärliche Möglichkeiten, dem Leben einen Sinn zu geben. Hat man eine von ihnen ergriffen, steht das Schwierigste erst bevor: Man muss die Reinheit seiner Tat bewahren. Dagegen aber steht ein mächtiger

Feind. Die Vergänglichkeit der Zeit selbst. Gegen einen solchen Gegner hilft nur List. Man muss sich die Waffen des Feindes aneignen. Das Leben hingeben, um zu einer Legende zu werden, um Dauer in der Flüchtigkeit zu behaupten. Er hatte versucht, mit Jantje darüber zu reden, damals, als er ihn kennenlernte. Immerhin war er Priester und beschäftigte sich mit spirituellen Fragen. Doch Jantje begriff gar nicht, was Pappe meinte. Der Einzige, der es vielleicht verstanden hätte, war tot. Pappe bedauerte noch immer, Hauke Haien nicht persönlich gekannt zu haben. Er war ein Mann gewesen, der die Einsamkeit kannte, die daraus entsteht, nur sich selbst verpflichtet zu sein. Haien war wie Ahab. Pappe konnte ihm keine bessere Ehre erweisen, als seinen Tod zur Legende zu machen. Dass er Jantje damit einen Gefallen tat und seine Position im Dorf stärkte, war zunächst Zufall. Pappe wusste damals noch gar nicht, dass er im Dorf bleiben würde.

Sein Gedicht über den Wal entspann sich nach dem gleichen Muster, nach dem er sein Buch über die Sturmflut geschrieben hatte. Aus der Verlassenheit des Meerriesen erwuchs der Entschluss, sich selbst zu opfern.

Die Luft wurde zum Gift. Seine Lungen verdunsteten in der Ungeheuerlichkeit eines weißen Schmerzes. Keine Rettung konnte ihm etwas anhaben. Die Schwere des eigenen Körpers, die ihn erstickte wie Jesus am Kreuz, wurde zu einem köstlichen Schweben. Das Hirn des Wals schmolz zu einem gallertartigen Glück.

Pappe datierte das Gedicht und steckte das Heft wieder weg. Und wie immer, wenn Pappe etwas geschrieben hatte, fühlte er sich getragen von einer Woge, die ihn in einen gewichtslosen Zustand spülte.

Die Walkuh war verendet, während Pappe in seine Kladde gekritzelt hatte. Der Augenblick des Todes war ihm entschlüpft. Er erkannte es erst, als die Meeresbiologen den Körper des Wals mit einem riesigen Schwartmesser aufbrachen. Sofort waren die Möwen da und stürzten sich in das blutige Bett.

Aus dem Ort waren Leute gekommen. Er sah Harke Niß, der heute nicht auf Fischfang war, sondern palettenweise Dosenbier aus seinem Kofferraum lud und es an die Schaulustigen verkaufte.

Pappe hatte genug gesehen und sein Gedicht geschrieben.

Das Schlachtfest war nichts für ihn und er wollte sich die beschwingte Einsamkeit in seinem Kopf nicht durch den einsetzenden Jahrmarktstrubel verderben lassen. Zwanzig Meter weiter hinter ihm hockte eine Gestalt in grüblerischer Pose. Neugierig näherte er sich dem zusammengekauerten Fleck Mensch. Am Mantel, den sie trotz der stechenden Sonne trug, erkannte Pappe die Frau, die Iven Johns gesucht hatte und die jetzt in Niß' Gasthof wohnte. Er hatte Krista Niß gebeten, ein Auge auf beide zu werfen. Johns war, nach allem, was er wusste, Haien gegenüber immer loyal gewesen. Als er Iven Johns vor fünfzehn Jahren in Hamburg aufgespürt hatte, war dessen Renitenz deutlich zu spüren gewesen. Damals hatte Pappe bereits alle Geheimnisse gelüftet und sein Besuch hatte nur den Zweck herauszufinden, wie viel Johns wusste. Er konnte nicht völlig ausschließen, dass Johns etwas ahnte. Aber nachdem er mit ihm gesprochen hatte, war klar, dass Johns nicht intelligent genug war, um ihm gefährlich zu werden. Er hatte noch nicht einmal versucht, Geld für das Interview rauszuschlagen. Pappe bildete sich viel auf seine Menschenkenntnis ein. Dies war eine gute Gelegenheit, das Mädchen zu prüfen.

Wienke sah Pappe nicht kommen und hörte auch seine Schritte auf dem dichten Grasteppich nicht. Er trat von hinten an sie heran.

»Machen Sie hier Urlaub?«

Wienke drehte sich um. Sie hatte zwei Handvoll Miesmuscheln gesammelt und zu einem Kreis gelegt, der oben offen geblieben war, weil sie nicht genug Muscheln hatte.

Pappe war sich sofort sicher, dass er sie noch nie gesehen hatte. Dieses Gesicht hätte er sich eingeprägt, ein Gesicht, dessen kranke Blässe seinen Blick wie ein Spiegel zurückwarf. Er konnte nicht erkennen, was für einen Menschen die weiße Haut verbarg.

»Die Eltern sind da draußen.«

Er folgte ihrem unbestimmten Blick auf das weit abgelaufene Wasser.

»Ihre Eltern gehen im Watt spazieren?«

»Sie sind im Meer.«

Pappe erfasste reflexartig das Befremdliche, das von dieser Frau ausging. Sie entglitt seinem Zugriff, seinen Fragen. Aber sie entzog sich ihm nicht mutwillig, nicht weil sie misstrauisch war. Es war etwas anderes. Und dieses andere war bedrohlich.

»Wer sind Ihre Eltern?«

»Hauke und Elke Haien.«

Ihm wurde einen Moment lang schwindelig. Tief atmend setzte er sich, um nicht das Gleichgewicht zu verlieren. Wenn das ein Trick von Iven Johns war, um ihn aufs Kreuz zu legen, musste er wachsam sein. Pappe ließ sich nicht aus der Reserve locken. Er zwang sich zur Ruhe und zum Nachdenken. Was er von Wienke Haien wusste, war nicht viel. Sie war Elke und Hauke Haiens schwachsinniges Kind, das zusammen mit seinen Eltern beim Deichbruch ertrunken war.

Pappe verstand nun, was ihn an diesem Mädchen irritiert hatte. Sie gehorchte nicht seiner Logik. Wenn sie ihm ihre Geistesabwesenheit nur vorspielte, so tat sie das sehr gut.

»Sie meinen, Sie sind die Tochter des Bürgermeisters Haien, der bei der Sturmflut ums Leben kam?«

»Wienke Haien.«

Diese Frau tat nicht nur so, als sei sie verrückt. Er spürte, wenn ihm jemand etwas vormachte. Wenn sie aber tatsächlich geisteskrank war, wie kam sie darauf, Wienke Haien zu sein? Die einzige Antwort war, dass Johns dahintersteckte. Johns musste nur eine überspannte blonde Waise im Alter von neunzehn Jahren finden und ihr weismachen, dass er ihre Identität kannte. Sie würde ihm glauben. Aber warum tat er das?

»Mein Name ist Johann Pappe.« Er streckte ihr seine Hand entgegen. Die Geste blieb unerwidert. Aber es lag nichts Brüskes darin, sondern eher Unbeholfenheit.

»Es heißt, Sie seien bei der Sturmflut ertrunken.«

»Ja?«

Sie hatte ihn auflaufen lassen. Pappe entschloss sich anzugreifen.

»Ich bin Heimatforscher. Ich habe vor vielen Jahren ein Buch über die Sturmflutnacht geschrieben. Vielleicht kennen Sie es?«

Jetzt blickte ihn die Frau wieder an. Diesmal aufmerksam und neugierig. Sie kannte also sein Buch.

»Das Buch hat Wienke gesehen.«

Die Antwort verwirrte Pappe wieder. Sie war unkonkret, ohne dass er sagen konnte, was an ihr nicht stimmte. Aber er hatte keine Zeit, darüber nachzudenken. Er musste herausfinden, was Iven Johns wollte.

»Sie können sich vielleicht vorstellen, dass es für einen Heimatforscher wie mich von großem Interesse ist, mit der Tochter von Hauke Haien zu sprechen. Hätten Sie vielleicht Lust, mich einmal zu besuchen? Heute Abend, wenn es Ihnen passt?«

»Sie wissen alles über Wienkes Vater?«

Pappe witterte seine Chance. Oder ging er gerade in die Falle, die ihm Johns gestellt hatte? Er ließ es darauf ankommen.

»Ich weiß, was die Leute mir über ihn erzählt haben. Sie haben mir auch von Ihnen erzählt. Von Ihnen als Kind.«

»Wienke kommt.«

»Fein. Sagen wir gegen sieben? Das große rote Haus an der Dorfstraße. Nummer elf. Das alte Schulhaus. Es ist leicht zu finden.«

Wienke nickte.

»Gut.« Pappe stand auf und reichte ihr abermals seine

Hand. Erstaunt stellte er fest, dass ihr Händedruck kräftig war. Ihre Hand war sehnig und hart.

»Kommen Sie allein.«

»Warum?«

»Ich meine, kommen Sie ohne Iven Johns.«

»Warum?«

»Es redet sich besser zu zweit.«

29

Wenn er nicht seinen Overall oder den Smoking anhatte, wählte Iven seine Kleidung nach praktischen Gesichtspunkten aus. Er trug immer Jeans und hatte im Laufe der Zeit herausgefunden, welche Marken schneller kaputtgingen als andere. Außerdem hatte er sich für schwarze T-Shirts entschieden, weil die nicht so schnell dreckig wurden. Socken kaufte er immer billig im Dreierpack.

Diesmal war der Einkauf schwieriger. Er entschied sich gegen Jeans und für eine grüne Hose mit Taschen auf den Oberschenkeln. Sie war ihm zwar am Bauch zu eng, aber er nahm sie trotzdem. Zusätzlich zu den T-Shirts kaufte er noch ein zweites blaues Hemd. Die Farbwahl der Socken bereitete ihm Probleme. Schließlich entschied er sich wie gehabt für Tennissocken.

Wirklich kompliziert wurde es in der Damenabteilung. Der Weg von der Rolltreppe zur Damenoberbekleidung führte ihn durch die Dessous. Obwohl er seit fünfzehn Jahren allabendlich Gelegenheit hatte, die verschiedenen

Designs und Schnitte von Damenunterwäsche zu begutachten, fühlte Iven sich, als würde er etwas Verbotenes tun. Er konzentrierte sich auf Wienke und was ihr gefallen würde. Das entfachte seine schwärende Laune aufs Neue. Und diesmal machte sein Missmut nicht bei Wienke halt, sondern fraß sich bis zu Ole Peters durch. Zwischen zwei Ständern mit Trägertops erfasste Iven plötzlich die Ursache für seine Verstimmung. Er hatte vor Peters gekniffen. Aus dem Ärger darüber wuchs der Argwohn gegenüber Peters' Anwesenheit auf dem Haienschen Hof.

Jene Fahrt mit Wienke nach Hamburg dauerte den Rest der Nacht. Die meisten Straßen waren gesperrt. Alles war voller Bundeswehrlaster, und wenn Krankenwagen oder Feuerwehren durchfuhren, wurde der Verkehr angehalten. Auf dem Rücksitz, eingewickelt in eine dieselfleckige Decke, auf der der Slowake unter den Autos gelegen hatte, schlief das Kind.

Das Flackern der Blaulichter rotierte in Ivens Schädel. Die zerrissenen Szenen der Nacht ließen sich nicht zu einem ganzen Bild fügen. Etwas passte nicht zusammen. Iven brauchte seine ganze Kraft, um die heraufziehende Unruhe zu verdrängen. Er gab das Kind in einem Heim ab, einigte sich mit der Frau vom Jugendamt auf den Namen Elisabeth Schmidt und entließ sich in die Geschichtslosigkeit.

Iven wartete vor der Kasse. Der Scanner konnte einen Preis nicht lesen, weshalb die Kassiererin eine dreizehnstellige Zahl eintippen musste. Plötzlich hatte er es eilig, wieder zu Wienke zu kommen.

30

Vor einer Schranke bei Bredtstedt musste Iven halten, bis ein Güterzug nach Niebüll vorbei war.

Wienke. Pappe. Pappes Haus. Die alte Schule. Mit jedem Waggon des Zuges zog ein anderes Bild vorbei.

Obwohl es damals bereits verboten war, hatte ihr Lehrer sie geschlagen. Der Dorfschullehrer für alle Fächer und Klassen war Tede Haien, Haukes Vater. Iven bekam regelmäßig seine Tracht Prügel, obwohl er bei den Streichen gar nicht mitmachte. Aber er war zu langsam, um zu begreifen, was gerade gespielt wurde. Der Schwammhalter wurde angesägt und randvoll mit Wasser gefüllt, wenn ausgerechnet Iven Tafeldienst hatte. Das Gegröle der Klasse, als das Plastik brach und Tede Haien von oben bis unten mit Kreidewasser bespritzt wurde, brachte Iven zwei Ohrfeigen ein. Haukes Vater brummte ihm einen Nachmittag im Geräteschuppen auf, weil an der Tafel stand: »Haien hat die Eier ab.« Und nachdem sich Tede Haien auf den mit Sirup beschmierten Stuhl gesetzt hatte, schickte er Iven los, um Weidenruten zu schneiden. Dann musste Iven auf dem Flur vor dem Klassenzimmer warten. Er war damals sieben Jahre alt. Auf der Dorfstraße parkten noch keine Autos. Das feuchte Weidenholz der Gerten, die er abgeschnitten hatte, trocknete in seiner Hand und wurde an den Enden spröde. Aus dem Klassenraum kleckerten vereinzelt Stimmen. Die Zeit verging unbeobachtet. Er hatte nie eine Uhr besessen. Nur einmal hatte Iris ihm eine geschenkt. Die hatte er nach ein paar Tagen bei einem Pfandleiher versetzt. Er hätte sie sonst ohnehin verloren. Damals war er mit Iris nicht ganz grün.

Während er vor dem Klassenraum auf seine Strafe wartete, peitschte er die Jacken seiner Mitschüler aus. Er stand vor der Hakenreihe wie ein Sklaventreiber und schlug Striemen in den Stoff. Drei Streiche für jeden seiner angeblichen Freunde, einen von links nach rechts, einen von rechts nach links und einen senkrechten Hieb von oben nach unten, der sie in die Knie zwang. Vor seiner Jacke blieb er stehen. Über dem Haken mit der Nummer 14 stand etwas an die Wand geschrieben. Ein halber Satz, zusammenhanglos, mit einem dünnen Bleistift hingekritzelt. Er ging näher heran und las.

»Es ist nicht richtig«, stand dort. Iven wusste nicht, ob es Zufall war, dass der Satz über seinem Haken stand, oder ob es eine Nachricht war. Falls es eine Nachricht war, hatte er keine Ahnung, worauf sie sich bezog oder was sie bedeutete. Aber die Worte waren in seinem Kopf, als der alte Haien ihn mit den Weidenruten traktierte, und sie begleiteten ihn die ganze Schulzeit. Er las sie jeden Morgen, wenn er kam, und er las sie, wenn er nach Hause ging. Sie waren ein Trost, als er nicht versetzt wurde und als er nach dem Tod von Tede Haien ohne Abschluss von der Schule ging, um bei Hauke Knecht zu werden. Der Sohn war anders als sein Vater. Mit ihm konnte Iven. Und außerdem wurde die Schule geschlossen. Jeden Morgen mit dem Bus nach Bredtstedt zu gondeln, um danach Knecht mit einem Hauptschulabschluss zu sein, hätte nur ein weiteres verlorenes Jahr bedeutet.

In Hamburg hatte Iven die Worte über seinem Haken vergessen. Erst der Besuch bei Pappe hatte sie ihm wieder in Erinnerung gerufen. Falls er noch einmal in das Haus kam, musste er nachsehen, ob sie noch da waren.

Der letzte Kühlwaggon war vorbei. Schwerfällig hoben sich die Schranken. Der Passat rumpelte über die Schwellen. Das Land dahinter war dem Meer abgetrotzt.

31

Auch für Wienke hatte Iven schwarze T-Shirts gekauft, zwei längs gestreifte Leggins, einen geringelten Nicki sowie Slips und Bustiers. Bei der Unterwäsche hatte er erst nicht gewusst, was er nehmen sollte. Ausschlaggebend war eine Schaufensterpuppe gewesen, die Wienke ähnelte. Er fand, dass die Unterwäsche, die die Puppe trug, ihrem Plastikkörper gut stand, und nahm sie gleich viermal.

Dass es nur drei Größen gab, machte die Sache leichter. Er hatte Mittel gekauft, um nichts falsch zu machen. Als er an Wienkes Zimmertür klopfte und keine Antwort erhielt, schienen sich seine Befürchtungen zu bestätigen.

Den ganzen Weg zurück hatte er sich ausgemalt, wie die Leute im Dorf auf Wienkes Rückkehr reagieren würden.

Er trat ein. Der Schlüssel steckte von innen im Schloss und klimperte bei der Bewegung der Tür. In der diesigen Sonne tanzten farblose Staubmoleküle vor dem Fenster. Wienke saß am Tisch über einen Streifen Papier gebeugt, der sich aus einer Rolle vom Fußboden über die Tischplatte wieder auf den Fußboden wand. Es war eine Kassenbon-Rolle. Darauf hatte Wienke in verschiedenen Versuchen immer das gleiche Motiv gezeichnet. Es sah aus wie der Buckel eines Tümmlers über windverwuseltem Meer. Die Wellen hatten den Leib verschlungen. Iven legte die Tüte mit den neuen Sachen auf das Bett.

»Das waren die Schönsten.«

Wienke blickte auf und lächelte.

Es war das erste Mal, dass sie sich über ihn freute. Sie stand auf, griff in die Tüte, zog die Leggins heraus und hielt sie sich an. Iven biss sich auf die Lippe. Sie waren zu groß. Er fragte sich, wie er Wienkes dünne Gestalt so überschätzen konnte.

»Danke.« Wienke hielt eines der Bustiers hoch. Iven schaute sie nicht an und versuchte, sie sich nicht darin vorzustellen. Um seine Aufmerksamkeit abzulenken, trat er ans Fenster und sah sich die Zeichnungen an. Die Tinte war auf dem porösen Papier zerlaufen, und wo Wienke angefangen oder abgesetzt hatte, zersplitterte die Linie wie durchschossenes Glas. Iven brauchte eine Weile, bis er erkannte, was die Skizzen darstellten.

»Der Deichverlauf.«

Wienke hatte den Küstenstreifen nachgezeichnet. Das Zentrum aller Bilder war die Stelle, wo der neue auf den alten Deich stieß. Im steilen Winkel dazu lief der sich verjüngende Trichter des Priels aus der Nordsee auf die Küste zu.

»Aus dem Kopf?«

Sie trat an den Tisch, das Bustier noch immer in der Hand. Mit der anderen tippte sie auf die Stelle am alten Deich, an der am Morgen der Wal angespült worden war.

»Hier sind Wienkes Eltern gestorben.«

Iven ging einen Schritt zur Seite. Ihr Körper strahlte eine große Wärme aus. Wienke fuhr mit dem Füller den Priellauf entlang. Ihre Hand schlängelte sich durch das Watt. Iven verfolgte die wie unabsichtlich den Weg suchende Fahrt der Feder. Seine Beklemmung wuchs mit zunehmender Annäherung an die Küste. Wie hatte er den Priel vergessen können? Die Versandung des Flussbettes war das Wichtigste am Bauprojekt gewesen. Sie war Fundament und Schwachstelle des gesamten Vorhabens. Damit ein neuer Deich überhaupt möglich war, musste der Wattstrom gedämmt werden. Weit draußen im Watt wurde ihm ein neues Bett gegraben. Der Lauf, den Wienke gezeichnet hatte, war allerdings ein anderer. Er führte bis zur Küste, stieß dort auf den neuen Deich und lief an ihm entlang, bis er auf den alten traf.

»Woher weißt du, wie der Priel verläuft?«

»Ein Wal hat es mir gezeigt.«

»Ein Wal?«

»Er ist den Fluss bis zum Ende geschwommen und dort gestorben.«

Iven blickte lange auf das Papier. Sein Gesicht bewegte sich nicht, nur die Kiefer arbeiteten, als zerrieben sie Steine zu Sand. Der Priel war noch immer da. Er musste in der Sturmflutnacht mächtig angeschwollen sein. Aber der neue Deich hielt seinem Druck stand und versperrte ihm den Weg. Der Priel wurde an die Böschung des alten Deiches abgedrängt. Haien musste das erkannt haben. In keinem Bericht, den Iven vom Deichbruch kannte, wurde aber der Priel erwähnt.

»Du darfst keinem sagen, dass du Wienke Haien bist. Solange wir hier sind, bist du Elisabeth Schmidt.«

»Warum?«

Es würde nicht reichen zu sagen, dass er ein ungutes Gefühl hatte.

»Weil alle glauben, dass du bei dem Deichbruch ertrunken bist. Und wenn du jetzt lebst, dann verstehen sie das nicht.«

Iven hoffte vergeblich, dass Wienke seine Antwort akzeptieren würde.

»Warum heißt Wienke Elisabeth Schmidt, wenn sie Wienke Haien ist?«

»Dieser Name wurde dir im Heim gegeben.«

»Warum hast du nicht Wienkes richtigen Namen gesagt?«

Sie ließ nicht locker. Er hätte ihr gern die Wahrheit gesagt, aber er kannte sie selber nicht.

»Es ist besser, wenn du Elisabeth Schmidt bist.«

»Wienke Haien ist Wienke Haien.«

Ihre Augen wurden zu Schlitzen und auf der Stirn stand eine senkrechte Falte. Iven sah in Hauke Haiens

Gesicht. Wie ihr Vater blieb Wienke in ihrem Zorn kalt und kontrolliert. Als sie den Raum verlassen wollte, versuchte er, sie festzuhalten. Er bekam sein blaues Hemd zu fassen, da bohrte sich ein stechender Schmerz in seine Hand. Wienke hatte ihn gebissen, kurz und mit voller Kraft. Er ließ sie los und sah auf seinem Handrücken den Abdruck ihrer Zahnreihen.

Die Tür fiel hinter ihr zu. Trotz der Schwüle draußen hatte sie ihren Pelzmantel mitgenommen.

Iven ging ins Bad und ließ kaltes Wasser über seine Hand laufen. Nachdem das Stechen der Kälte stärker geworden war als das Wummern der zerriebenen Nerven, drehte er den Hahn wieder zu und ging in sein Zimmer. Er warf sich auf sein Bett und starrte die fliegenverdreckte Decke an.

Entschlossen stand er wieder auf, nahm die Plastiktüte und stopfte seine Klamotten hinein. Sollte die Göre doch sehen, wo sie blieb.

32

Iven suchte nach einem Fünfmarkstück, das der Staub unter dem Bett verschluckt hatte. Als er die Tür aufgehen hörte, schnellte er ruckartig hoch, schlug mit dem Kopf gegen das Bettgestell und sank benebelt zu Boden. Das Negativbild tanzender Atome flimmerte vor seinen Augen.

Eine Frau lehnte in der Zimmertür. Sie hatte die Hände

vor der Brust verschränkt und zwinkerte der Sonne zu, die sich jetzt in einem schmierigen Rot mitten ins Zimmerfenster tuschte. In ihrem verkniffenen Gesicht entzifferte Iven ein Lächeln.

»Du blutest.« Die Frau tat einen Schritt auf Iven zu, hockte sich vor ihn und legte ihre Hand auf seinen Oberarm.

»Ann Grethe«, sagte Iven. Blut sickerte aus seinem Hinterkopf, lief am Ohr vorbei und tropfte vom Kinn auf ihre Hose. Iven ließ es laufen. Auch sie verhinderte es nicht.

»Tut es weh?«

Iven schüttelte den Kopf. Ann Grethe sah noch immer erstaunlich jung aus. Ihre Erscheinung passte nicht zu dem dickbäuchigen Harke Niß und dem zerarbeiteten Gesicht von Ole Peters. Außer dem kleinen Trichter Lachfalten, der ihr Lid mit dem Gesicht vernähte, war ihre Haut glatt. Ihre Haare waren an den Seiten hochgesteckt und noch blonder als der Flachsschopf, den er in Erinnerung hatte. Für die ersten Sommertage war sie sehr braun.

»Warum bist du so braun?« Iven ärgerte sich, dass er einfach drauflosplapperte. Aber Ann Grethe war es nicht peinlich.

»Ich gehe manchmal ins Solarium.« Sie strich ihm mit dem Handrücken das Blut von der Backe und wischte es an ihrer Hose ab.

»Ich habe dich bei Peters gesehen.« Ihre Stimme war anschmiegsam und seiden.

»Was hast du bei Peters gemacht?« Iven hatte einen Frosch im Hals.

»Ich arbeite für ihn. Seit seine Frau tot ist.«

»Vollina ist tot?«

»Hat sich aufgehängt. Vor fünf Jahren.«

»Warum?«

Vollina war eine lebenslustige, ein bisschen ausgeflippte und manchmal übermütige Frau mit einem wiehernden Lachen. Dass sie sich umgebracht haben sollte, konnte Iven kaum glauben. Eher wäre sie anderen an den Kragen gegangen. In der Nacht, nachdem Haien ihrem Gaul die Falle am Deich gestellt hatte, war das Gatter zu Haiens Hühnerstall geöffnet worden und ein Wiesel hatte alle Hennen totgebissen.

»Es ist nicht leicht mit Peters. Aber ich komme mit ihm aus.«

»Dann bist du also wieder auf dem Hof.«

Ann Grethe fasste ihn bei den Händen.

»Ich wusste, dass du zurückkommen würdest.« Sie sagte es mit Nachdruck.

»Und?« Iven rappelte sich auf.

»Was und?« Auch Ann Grethe erhob sich.

»Warum bist du hier?«

Statt einer Antwort trat Ann Grethe einen Schritt zurück, nahm den Zimmerschlüssel aus dem Aschenbecher und schloss die Tür von innen ab. Dann ging sie zum Fenster und zog die Gardinen vor. Das Licht im Zimmer überzog alles mit einer Apfelsinenhaut. Ihre grünen Augen hatten nun jede Farbe verloren. Das weiße T-Shirt, das sie trug, zeichnete die Form des Busens, die er in Erinnerung hatte. Mit überkreuzten Armen zog sie es über den Kopf. Sie trug keinen BH und ihre Brust und ihr

Bauch waren so braun wie ihr Gesicht. Ivens Erregung wuchs, sein Hinterkopf hämmerte. Er schluckte, aber kein Speichel war in seinem Mund. Ihre Zunge war rauer als die von Iris und ihre Haut schmeckte nach Parfüm. Ann Grethes Hand schmiegte sich an seinen Hosenschlitz. Seine Schneidezähne stießen an ihren Schmelz und die Erinnerung an den Biss blitzte jäh in ihm auf.

»Damals wolltest du mich nicht.«

Iven roch den Benzingeruch seiner Haut.

»Ich war fünfzehn.«

33

Peters war geladen. Seine Laune war seit mehreren Jahren nicht gut, aber in diesem Frühling war sie besonders schlecht. Alles ging schief. Ein Kalb erhängte sich mit der Nabelschnur, als es aus dem Mutterleib plumpste, ein anderes starb schon im Bauch. Der Frost reichte bis weit in den März hinein und die frühe Hitze im Mai gab dem Roggen den Rest. Am Morgen hatte Peters außerdem entdeckt, dass der Boden des neuen Silos durchgerostet war. Er kroch mit dem Kuhfuß auf dem Lehm entlang und schlug große Metallplacken ab. Als er sich umdrehte, stand ein Paar Beine vor dem Silo. Es steckte in Lederhosen und Schuhen mit Pelzaufsatz. Das Gesicht sah er nicht, denn er konnte in seiner gebückten Haltung den Kopf nicht heben, aber seine schlechte Laune nahm durch die Störung noch mehr zu. Wozu zum Teufel hatte er einen Hund? Dass Rex nicht anschlug, ließ eine Ahnung in ihm aufsteigen. Als er unter dem Silo hervorgekrochen war, sah er sie bestätigt. Die Frau, die zusammen mit Iven Johns gekommen war, stand vor ihm. Der Wachhund lag dösig in seiner Hundehütte.

»Was ist? Was willst du?«

»Wienke will das Haus sehen.«

»Welche Wienke?« Peters blickte sich unwirsch um.

»Wienke Haien.« Wienke tippte mit dem Zeigefinger auf ihr Brustbein.

Eine blaue Ader schwoll auf seiner Stirn, dann platzte ihm der Kragen.

»Jetzt reicht es. Ich hab schon genug Ärger mit diesem Haus. Aber das ist zu viel. Runter vom Hof!« Er pfiff nach Rex, der sich gemächlich erhob und angetrottet kam. Als er Wienke erreicht hatte, begann er, ihr die Hand zu schlecken. Wienke kraulte ihm das struppige Nackenfell, ihre Augen auf Peters geheftet. Der machte einen Schritt auf sie zu. Der Hund knurrte seinen Herrn böse an. Peters verharrte in der Bewegung. Er griff den Kuhfuß fester. Einen Hund, der sich gegen seinen Herrn stellte, musste man erschlagen. Wienke ignorierte die Drohgebärde und zeigte auf das der Scheune abgewandte Giebelfenster des Hauses.

»Da ist Trina Jans gestorben.«

Verblüfft, dass sein Zorn so vollständig übergangen wurde, folgte Peters ihrem ausgestreckten Arm und drehte sich zum Haus um. Der Hund beruhigte sich und bellte auch nicht, als Peters sich wieder Wienke zuwandte.

»Was?«

»In diesem Zimmer ist Trina Jans gestorben.«

»Die alte Hebamme, die Haien auf seinen Hof geholt hatte?«

»Wienkes Vater. Ja.«

Peters wollte das Zimmer einmal für seine Kinder ausbauen. Bis dahin hatte es seine Frau als Abstellraum und Bügelkammer benutzt. Nach ihrem Tod hatte er das Zimmer nicht mehr betreten. Kinder hatte er nie gehabt und die Abstellkammer wurde nie ausgebaut. Sie war unbewohnt, seit dem Morgen, an dem er den kalten violetten Schädel seiner Frau vom Fensterkreuz geschnitten hatte.

»Komm.«

Wienke folgte ihm ins Haus. Sie gingen durch einen dunklen Flur, an dessen Ende sich eine gedrechselte Eichentreppe nach oben wand. Im toten Winkel der dritten Stufe baumelte ein Fliegenfänger von der Decke, schwarz vom Chitin der im toxischen Honig verendeten Tiere.

Peters überlegte, ob er Wienke in den Pesel führen sollte, aber da sie keine Anstalten machte, das Wohnzimmer zu betreten, ging er vor ihr die Treppe hinauf. Im Obergeschoss verlief ein Flur parallel zur Frontseite des Hauses. Er führte in die Scheune, die Haien nachträglich gebaut hatte und die im rechten Winkel zum Haupthaus stand. Es war ein wuchtiges Gebäude. Nach Osten war es in der Länge weit über die Warft hinausgezogen. Seine fensterlose Nordseite erhob sich wie ein finsterer Turm vom flachen Warftvorplatz bis zum Dachsparren des Wohnhauses. Der Anbau war dreigeschossig. Unter dem Dach befand sich der Heuschober. Zwischen dem

Boden und dem Lagerraum hatte Haien eine Zwischenetage einziehen und für seine Knechte und Mägde ausbauen lassen. Im Erdgeschoss lagerten Futtersäcke. Wenn man vom Haupthaus kam, war es eigentlich ein Keller. Vor dem Anbau befand sich die Garage, in der die Autos der Haiens parkten.

Die Wohnetage der Scheune umfasste vier Räume und ein Badezimmer. Am rechten hinteren Ende hatte Ann Grethe gewohnt. Später wurde dieser Raum das Schlafzimmer von Peters' Frau.

Ole Peters war schon einige Jahre mit Vollina verheiratet, als sie in das Haus der Haiens einzogen. Dass sie getrennte Schlafzimmer vorschlug, hatte ihn nie stutzig gemacht. Er selbst war jemand, der seine Ruhe brauchte und seinen Schlaf nicht gerne teilte. Als er dann an jenem Freitag im Februar früher von der Arbeit nach Hause kam, erwischte er den Holländer Jantje bei seiner Frau im Bett. Es war schierer Zufall, dass er davon erfuhr. Pappe kam zu ihm aufs Feld und sagte, er hätte Rex angefahren. Er hatte gehalten, aber der Schäferhund war weggehumpelt. Als Peters auf den Hof kam, lag Rex in der Hundehütte und biss auf der Kette herum. Pappe musste eine andere Töle über den Haufen gefahren haben. Jantje brach sich beide Unterarme, als Peters ihn durch das Fenster warf. Seine ehebrecherische Frau sperrte er im Raum ihrer Schande ein.

Als Peters nach zwei Tagen die Zimmertür öffnete, war Vollina bereits vierundzwanzig Stunden tot. Sie hatte sich am Fensterkreuz mit dem Schlips von Jantje erhängt. Es stank nach Kot und Verwesung.

Die Kammer, die Wienke sehen wollte, hatte die einzige nicht erneuerte Tür. Dahinter lag das Zimmer, das nie ein Kinderzimmer gewesen war. Niemand im Ort hätte Peters einen sentimentalen Mann genannt, aber jetzt, als er die Tür öffnete, war es ihm auf einmal unmöglich, die Kemenate zu betreten. Er ließ Wienke ein.

Sie bückte sich zu einem Fußschemel, auf den ein von Motten zerfressenes und vom Staub vergilbtes Katzenfell genagelt war.

»Kater«, wisperte sie und streichelte das speckige Fell.

»Das war der Kater von Trina Jans, den Wienkes Vater erschlagen hat. Trina konnte trotzdem mit ihm sprechen.«

Dann ging Wienke zum Fenster, löste die Laken aus dem grauen Netz der Spinnweben und ließ sie auf den Boden gleiten. Man konnte das Meer nicht sehen. Der Blick in die Weite wurde von der Deichkrone aufgefangen.

Am Fenstergriff hing ein Band, dessen rote Farbe von Schimmelpilzen überzogen war.

»Claus' Halsband.«

»Auch eine Katze?«, fragte Peters vom Türrahmen.

»Eine Möwe. Die hat Wienkes Vater überfahren.«

Peters beobachtete sie. Sie strich mit den Fingern über eine Teakholzkiste, wischte den Staub von der alten Singer-Nähmaschine. Und erst als sie das Zimmer wieder verlassen wollte, verstellte er ihr den Weg und zog sie dicht vor sein Gesicht. Sie hatte Hauke Haiens graue Wasseraugen, das strohblonde Haar, das Gesicht wie aus Wachs. Aber Peters war halsstarrig. Er wollte nicht glauben, was er sah. Wienke Haiens Existenz würde alles wieder hochkommen lassen, was er vergessen wollte.

»Was willst du?«

»Wienke sucht ihre Eltern.« Sie sah ihn mit Haiens starrem Blick an.

»Deine Eltern liegen auf dem Friedhof. Und du liegst da auch.«

Die Leiche des Kindes war nie gefunden worden. Die Flut hatte die Windschutzscheibe eingedrückt, das Fahrzeug hochgehoben und fast hundert Meter weit ins Land gespült. Die Mure aus Wattschlamm und Deicherde hatte den Innenraum mit Lehm und Modder ausgegossen.

In den Lungen der Eltern fanden die Gerichtsmediziner so viel Schlamm wie Wasser. Das Kind hatte keine Chance gehabt.

34

Peters hatte sich seit dem Tod seiner Frau mit aller Kraft gegen die Erinnerung gestemmt. Doch als Wienkes schmale Gestalt wie ein Schattenriss vor dem Fenster stand, lebte das Bild der Verstorbenen wieder auf.

Vollina war im Dorf bekannt wie ein bunter Hund. Sie war in Amerika gewesen und hatte von dort Hosen mit großen aufgedruckten Tulpen und Schlag mitgebracht. Dazu trug sie lediglich eine Zirkusweste und ein Tuch in den Haaren. So ritt sie ohne Sattel auf ihrer gelben Stute am Deich entlang und sang dabei laut. Sie arbeitete nicht, machte keine Ausbildung und hatte eine laxe Moral, die sie von den amerikanischen Hippies abgeguckt hatte.

Ihr Vater, Jess Harders, der Vorsitzende des Schützenvereins, fluchte im ›Dicken Fritz‹ über den faulen Wildfang, der nichts Reelles lernen wollte. Aber die Männer auf den Feldern schauten ihr nach, wenn sie mit ihren poengen Hosen vorbeipreschte.

»Sie ist läufig«, stellte Carsten fest und brüllte ihr seine Zoten hinterher.

»Ich will auch mal reiten. Schick das Pferd weg!«

So etwas hätte Peters sich nie getraut, noch wäre es ihm eingefallen. Wieso Pappe ihn in seinem Buch zu einem Maulhelden gemacht hatte, war unerklärlich. Dass er hingegen Vollina als fett beschrieben hatte, war eine primitive Form der Rachsucht. Sie hatte ihn abblitzen lassen und musste ihm erst eine vier Fingernagel breite Spur ins Gesicht kratzen, damit er ihr nicht mehr nachstellte.

Vollina war eine Frau, die sich vor niemandem fürchtete. Mit Haien lag sie im Dauerclinch. Das imponierte Peters.

Am selben Abend, an dem sie zum ersten Mal miteinander schliefen, kamen auch Hauke Haien und Elke Volkerts zusammen. Das Boßelturnier dauerte den ganzen Tag. Für das Fest war ein Discjockey gemietet worden. Schon bevor es zum ›Dicken Fritz‹ ging, waren alle betrunken. Die Musik war ohrenbetäubend. Obwohl es hundekalt war, trug Vollina nur ihre Blumenkind-Garnitur. Peters lehnte griesgrämig an einem Lautsprecher, sein Punsch war kalt geworden und Hauke und Elke standen mitten auf der Tanzfläche und knutschten. Vollina war die Einzige, die tanzte. Sie bewegte ihren Körper wie eine Schlange. In rotes Licht getaucht hatten ihre Bewegungen etwas Unabsichtliches und waren doch voller Verheißungen. Ihre Augen hatte sie geschlossen, sodass sie Elke und Hauke anrempeln musste, die sie zwar angeschwebt kommen sahen, aber nicht zur Seite gingen. Haien schubste sie grob weg. Vollina flog in ihrem Trancezustand Peters in die Arme. Sein Punschglas klirrte in die Box. Da schlug sie die Augen auf, schenkte Peters ein Lächeln, ging wieder auf die Tanzfläche und rempelte die frisch Verliebten ein zweites Mal an. Haien schlug nach ihr, aber sie wich aus und brüllte etwas in die Musik. Haien brüllte zurück. Die Bässe schlugen die Worte nieder.

Später bekam Peters von Vollina ein Bier spendiert. Sie stieß mit ihm an, und weil er nicht wusste, was er tun sollte, trank er das Glas auf ex. Noch später fuhr Peters sie nach Hause. Vollina stieg aus und sah ihn schnippisch an.

»Bist du jetzt zu betrunken, um hochzukommen?«

Peters überlegte eine Weile.

»Warum ich?«

Danach wollte sie den Mond ansehen gehen, obwohl es minus drei Grad war. Peters wackelte mit weichen Beinen neben ihr her.

»In der Dunkelheit ist die Welt voller Möglichkeiten.« Vollina nahm seine Hand. Die Nacht war mit Sternen bestreut.

»Ich bin eigentlich eher ein Tagmensch.« Peters streichelte mit dem Daumen über ihren Handrücken.

So glücklich wie in dieser Nacht war er nur noch, als er Haiens Haus gekauft hatte und es Vollina zeigte. Im Obergeschoss küsste sie ihn und sie liebten sich auf Ann Grethes Bett. Dort blieben sie den ganzen Tag. Vollina lachte und alberte und machte Pläne für die Zukunft. Sie wollte Kinder und schlug vor, Haiens Schafzucht weiterzuführen.

Die Arbeit auf dem neu erworbenen Land war zeitraubend. Peters war tagein, tagaus auf dem Feld, während Vollina weiterhin nachtaktiv blieb. Er fand es rücksichtsvoll, dass sie ihr Schlafzimmer verlegte. Bis er den Holländer in ihrem Bett erwischte.

35

Wienke ging vor Peters die Treppe hinab. Er blieb mit Absicht ein paar Schritte zurück, um ihre schmächtige Gestalt, deren Dürftigkeit der gewaltige Pelzmantel eher unterstrich als kaschierte, betrachten zu können. Unter dem fliegenübersäten Band verharrte Wienke einen Moment. Fast streifte der Fliegenfänger ihren Scheitel. Fünf Stufen hinter dem Mädchen konnte er nicht verhindern, dass sie nach links in das Wohnzimmer ging, statt durch den dunklen Flur zur Haustür zurück.

Peters folgte ihr.

Im Pesel blieb Wienke vor dem schweren Tisch stehen

und setzte die Spitzen ihrer Finger darauf, als prüfe sie seine Festigkeit. Das Wohnzimmer war nahezu unverändert geblieben. Ringsum war es gekachelt. Der Beilegerofen stand noch an der Küchenwand. Seine Vorderfront zeigte den Zug der Israeliten durch das Rote Meer. Im antiken Wandbett hatte Peters seine Angeln untergebracht. Vollina und er hatten kaum eigene Möbel. Es war einer von Vollinas Spleens, auf dem Fußboden zu essen. Wenn die Kinder da wären, sollte alles neu eingerichtet werden. Nach Vollinas Tod war es Peters egal, wie es aussah. Ann Grethe räumte dreimal in der Woche seine Kaffeetassen, Tabaksbeutel, Pfeifenstopfer, Socken und Bierflaschen weg und staubte zweimal im Jahr die großen Flächen der leeren Regale ab. Und auch sie änderte nichts an der Stellung der Möbel. Im Gegenteil, wenn Peters den Sessel mehr zum Fenster drehte oder das Sofa in die Mitte des Raumes schob, weil er im Liegen fernsehen wollte, stellte sie es am folgenden Tag wieder zurück.

Wienke war vier gewesen, als sie den Pesel zum letzten Mal gesehen hatte. Ihr Blick schweifte durch das Zimmer, glitt an den Wänden entlang und blieb schließlich am Bild des Nachtmahrs in der hinteren Ecke haften. Affengleich hockte der Albtraum auf dem Bett der jungen blonden Frau, während hinter ihm der Schimmel die Nüstern blähte.

Wienkes Hände lösten sich vom Tisch. Sie ging zu dem Bild und Peters hörte, wie sie dabei achtlos etwas vor sich hinsagte. Ein gereimtes Rinnsal von Worten versickerte in der schwammigen Dämmerung des Raumes. Wienke blieb vor dem Bild stehen und strich mit dem Zeigefinger ihrer linken Hand über den Faltenwurf des Nachtkleides, das die heimgesuchte Frau trug.

Peters hatte nie auf dieses Bild geachtet, das wie viele andere Bilder von Schiffen und vom Schilf seit je in diesem Pesel hing.

Wienke wandte sich um, sah ihn aber nicht an.

»Ach, ich kann es nicht mehr sehen«, sagte sie.

»Was kannst du nicht sehen?«

Wienke tauchte aus ihrer Versunkenheit auf.

»Wienke weiß es nicht.«

»Kennst du das Bild?«

»Es ist dahinter.«

»Was ist dahinter? Hinter was?«

Wienke blickte ihn hilflos an.

Peters trat näher an das Bild. Er hatte keinen Schimmer, was dieses sonderbare Mädchen meinte, und betrachtete das Gemälde. Den Teufel auf der Frau, den Gaul hinter dem Fenster von einem Vorhang halb verborgen. Da nahm Wienke das Bild von der Wand. Ein heller Rand war zu sehen, wo die Wand unter dem Bilderrahmen nicht grau von der Luft und dem Pfeifenqualm geworden war. Und dieser helle Rand fasste einen Tresor ein. Peters stierte erst auf die grün lackierte Stahltür, dann auf Wienke. Die schien seltsam beglückt.

»Er ist noch da.«

Peters machte Licht. Der Tresor hatte ein Zahlenschloss, an dem ein Aufbruchversuch ein paar Dellen hinterlassen hatte, in die sich Rostrosen eingefressen hatten.

»Weißt du die Zahlen?«

Wienke schüttelte den Kopf.

»Weißt du, was drin ist?«

Wienke hängte das Bild vor dem verdatterten Peters wieder über den Tresor.

»Er ist nicht zum Aufmachen da.«

Peters ließ sie gewähren. Er würde ihn später mit der Flex aufschneiden. Ohne sie.

Peters brachte Wienke in das Dorf zurück. Sie hatte ihn nicht darum gebeten. Aber er wollte sicher sein, dass sie weg war, bevor er den Tresor öffnete.

Sie ließ sich zum Friedhof fahren. Er war zufrieden, dass er nicht Harke Niß begegnen musste.

Peters ließ sie vor der Kirche aussteigen. Als er zurückfuhr, wusste er nicht, ob er den Hund auf dem Rücksitz, der ihm die Zähne gezeigt hatte, töten sollte oder nicht.

36

Ann Grethe stand auf und zog sich an. So anders es auch mit ihr gewesen war, so sehr glich der Moment danach den Augenblicken mit Iris. Die Kirchturmuhr schlug zu irgendeiner Dreiviertelstunde.

»Wie spät ist es?« Eigentlich war es Iven egal.

»Du bist wach?« Ann Grethe knipste das Licht an. Auf Ivens Netzhaut tanzten die Stäbchen. Er kniff die Augen zusammen.

»Verzeih.«

Sie ließ das Licht an, kam zu ihm ans Bett und setzte sich auf die Kante. Die Hose, die sie sich gerade anziehen wollte, schlenkerte um ihre rechte Wade.

»Wenn du wusstest, dass ich komme, wusstest du mehr als ich«, sagte Iven. Es sollte ein anzüglicher Witz sein, wie sie Ann Grethe früher immer gemacht hatte. Aber er ging in die Hose. Ihre Stimme nahm einen harten, ernsten Klang an und sie überging die geschmacklose Doppeldeutigkeit.

»Nicht ich. Gott.«

»Was Gott?« Ivens Augen hatten sich an das Licht gewöhnt. Er sah den Blutfleck auf ihrer Hose.

»Ich habe zu ihm gebetet. Und er hat mir deinen Namen gesagt. Da wusste ich, dass ich dir den Weg zu ihm weisen muss.«

Iven schwante etwas, das seinem Gedächtnis fünfzehn Jahre lang entglitten war.

»Das war nett von ihm.«

»Lach nicht. Es ist mir Ernst. Hörst du, es ist mir ernst mit dir!«

Iven zog sie zu sich runter ins Bett. Seine Hand fasste nach ihrem Slip. Aber sie wand sich aus seiner Umarmung und stand auf.

»Wo gehst du hin?«

»Es ist noch Andacht.«

»Du gehst in die Kirche?«

»Weißt du es nicht mehr, Iven? Ich habe den lebendigen Glauben.«

Er hatte es aus seiner Vorstellung von Ann Grethe

ausgeklammert. Sie war Mitglied in dem Konventikel der ›Fünfzig Gerechten‹. Es war ihm immer schleierhaft gewesen, wie ihre sexuelle Freizügigkeit mit Gottes Gebot in Einklang zu bringen war.

Dem Konventikel stand ein pietistischer Priester vor, der aus Holland stammte und eigentlich Schneider war. Er kam eines Tages mit einem Katamaran in den Husumer Hafen gesegelt und sprach beim für die Harde zuständigen Pastor vor. Gegen Logis erhielt er den Auftrag, sich um die Gemeinde des Ortes zu kümmern. Es bestand jedoch kein offizielles Arbeitsverhältnis. Der Pastor meldete ihn nicht beim nordelbischen Kirchenamt. Aber dem Möchtegern-Theologen ging es nicht um Geld. Und der Pastor war froh, dass sich jemand um die lange verwaiste Gemeinde des Ortes am Deich kümmerte. Die Gottesdienste hatten seit Jahren nur im benachbarten Geestort stattgefunden und die Kirche war das ganze Jahr über geschlossen.

Jantje nannte seine Treffen Konventikel und hielt sie neben den kirchlichen Feiertagen ab. Sein Zulauf war von Anfang an beträchtlich. Das sicherte ihm die Feindschaft Hauke Haiens, gegen den der Holländer Front machte. Während einer Gemeindeversammlung versuchte er, Haien wegen seines Kirchenaustrittes öffentlich zur Rede zu stellen. Haien betrieb daraufhin Jantjes Absetzung. Aber weil es keinen Vertrag mit der Landeskirche gab, konnte der Holländer auch nicht entlassen werden. Haien erreichte jedoch, dass das Konventikel nicht mehr in der Kirche abgehalten werden durfte. Jantjes Rückhalt im Dorf blieb dennoch ungebrochen.

Zwischen Hauke und Ann Grethe kam es zu einem lautstarken Streit, als sie die Haiens aufforderte, Wienke vom Holländer taufen zu lassen. Elke Haien versuchte zu schlichten, indem sie Ann Grethe verbot, auf dem Hof von dem Konventikel zu sprechen. Ann Grethe hielt sich daran. Haien allerdings verhinderte, sooft er konnte, ihre Teilnahme an den Treffen. Es war kein Zufall, dass Ann Grethe den dreckigen Hund nach Feierabend säubern musste.

Iven wusste wenig von dem, was eigentlich in diesen Versammlungen und Andachten geschah. Es war jedoch ein offenes Geheimnis, dass sich die tiefe Religiosität der Mitglieder von den Doktrinen der evangelisch-lutherischen Kirche immer weiter entfernte.

Dass es immer noch Konventikel gab, war erstaunlich. »Ist der Holländer noch immer hier?«

»Er ist vor fünf Jahren gegangen. Aber die Gemeinde existiert noch.«

»Habt ihr einen neuen Priester?«

»Wir haben keinen Priester. Auch Jantje war nur Bruder unter Geschwistern. Die Macht des Wortes entsteht aus der Gemeinschaft.«

Iven konnte dazu nichts sagen. Er war seit seiner Konfirmation nicht wieder in einer Kirche gewesen. Seine religiöse Unbeschlagenheit ließ das Gespräch stocken. Ann Grethe überspielte die Pause lächelnd und zog sich ihre Hose an. Iven wollte der Verlegenheit nicht das letzte Wort überlassen.

»Was machst du morgen?«

»Ich muss nach Husum. Für Peters.«

»Und abends?«

»Ich weiß ja jetzt, wo du zu finden bist.«

Sie küsste ihn und knipste das Licht aus. Dann schob sie die Tür zu, ohne die Klinke herunterzudrücken. Ihr Parfüm blieb in seinem Bett hängen.

37

Iven schaute in das schummrige Dunkel des Pensionszimmers. Langsam passten sich seine Augen wieder den farblosen, fahlen Schemen an. Eine Befriedigung stieg in ihm auf, wie er sie nach Iris nie empfunden hatte. Es war nicht das Glück des Körpers, das sich durch seine trägen Nerven bis in die Zehen wälzte, es war der Stolz, die Frau besessen zu haben, nach der er sein Leben lang geschmachtet hatte. Die schon getrocknete Wunde an seinem Hinterkopf pochte gleichmäßig und die vom Pharisäer verbrühte Daumenhaut juckte. Sein Handrücken war geschwollen. Gleichzeitig brandete eine unendliche Müdigkeit in seinem Schädel, schwemmte ihn fort und schaukelte ihn langsam in siegessichere Schwerelosigkeit.

Die Flurdielen knarrten.

Iven war schon fast weggedämmert und konnte das Geräusch nicht zuordnen. Erst als das Glockenspiel eines Schlüssels auf dem Emailleschild der Zimmernummer erklang, wurde er wach. Jemand war an Wienkes Zimmertür. Iven setzte sich auf. Er hatte seine Wut auf

Wienke vergessen. Das Blendspiel seiner Augen begann von Neuem, als er das Licht anknipste. Blind tastete er nach seiner Hose. Als er endlich auf den nur durch eine grüne Notausgangslampe beleuchteten Flur trat, wurde Wienkes Zimmertür gerade von innen zugezogen. Er riss sie auf und ein Mensch prallte gegen ihn. Seine Finger fassten in ein kaltes Gesicht und im Licht des halben Mondes sah er, dass es Wienkes war.

»Wo warst du?« Er wusste noch immer nicht, wie spät es war.

»In der Kirche«, antwortete Wienke.

»In der Kirche? Jetzt? Nachts? Was hast du da gemacht?«

Iven tastete nach dem Lichtschalter. Ohne die Maske der Dunkelheit trug Wienkes Gesicht die Züge völliger Erschöpfung. Gleichzeitig war ihm eine große Anspannung anzusehen.

»Wienke kann es nicht sagen.«

Er nahm sie bei der Hand und zog sie auf das Bett.

»Du meinst, du weißt nicht mehr, was du in der Kirche gemacht hast?«

»Wienke weiß vieles nicht.«

»Wann bist du da hingegangen?«

Wienke kehrte ihr weißes Gesicht Iven zu.

»Was ist die Sintflut?«

Iven gaffte sie an.

»Mit der Sintflut ertränkte Gott die Menschen.« Er erwartete eine Frage nach Gott. Aber sie kam nicht.

»Warum hat Gott das gemacht?«

»Weil die Menschen gesündigt hatten.«

»Gesündigt hatten …«, wiederholte sie ohne Betonung. »Wieso sündigt man, wenn man ›miteinander liegt‹?«

Iven fühlte sich ertappt. Ann Grethe war noch keine Stunde weg.

»Was willst du eigentlich wissen?«

»Ist Sünde das Gleiche wie bezahlte Liebe?«

»Manche Menschen meinen das.«

»Du nicht?«

»Ich weiß nicht.«

»Sündigen ist, wenn zwei miteinander schlafen?«

»Nein. Das kann man so nicht sagen. Sündigen ist, wenn man mit einem schläft, der es gar nicht will. Wenn man ihn nicht fragt.«

Wienke horchte der Antwort hinterher.

Sie legte sich aufs Bett. Iven nahm die Bettdecke und deckte sie zu.

»Schlaf.«

Als er sie ansah, hatte sie die Augen geschlossen.

»Es tut mir leid, dass wir uns gestritten haben. Entschuldige.«

Wienke reagierte nicht. Er zog den Schlüssel ab. Diesmal wollte er sicher sein, dass sie in ihrem Zimmer war, wenn er schlief.

Als Iven schon in der Tür stand, hörte er sie murmeln. »Wienke Haien ist Wienke Haien.«

38

Sten dachte seit jenem Morgen vor zwei Tagen viel an Wienke. Die Durchsicht der Post hatte er einen Tag ausgesetzt und seine Kontrollen danach nur an ausgewählten Briefen vorgenommen. Wienkes plötzliches Auftauchen hinter seinem Rücken hatte ihm das Risiko seiner heimlichen Leidenschaft deutlich vor Augen geführt. Aber wider besseren Wissens und trotz des morgens gefassten Entschlusses, die Briefe künftig ungelesen auszuliefern, konnte er schon vierundzwanzig Stunden später nicht von seinem lieb gewonnenen Hobby lassen, als er den Rastplatz am Straßenrand passierte. Er war abhängig geworden.

Begonnen hatte seine Sucht mit der zufälligen Lektüre eines offenen Liebesbriefes, der solch erotische Details enthielt, dass er Sten nächtelang beschäftigte. Als drei Tage später ein zweiter, diesmal verschlossener Brief folgte, siegte die Neugier über die Berufsehre.

Bei Wienke musste er vorsichtig sein. Auch sie hatte ihn nun zwei einsame Abende hintereinander in seinem Bett beschäftigt. Auch sie war zufällig auf einmal in seinem Postauto gewesen und auch sie war eine Frau wie die Absenderin jenes Briefes, der ihn in die Abhängigkeit geführt hatte. Solche Gedanken grübelnd, juckelte Sten in seinem Postlaster am dritten Tag wieder von der höher gelegenen Geest hinunter in das flache, nach den heißen Sonnentagen nun im zarten Rapsgelb schimmernde Marschland und auf den Ort zu. Der Norden lag noch unter einer Nebeldecke.

Wienke wartete am Schild, das die Gemeinde als schönstes Dorf pries.

Sten war so vertieft, dass er Wienke in den wabernden Schwaden am Straßenrand fast nicht erkannt hätte, obwohl sie ein Stück auf der Fahrbahn stand. Erst als sie den Arm zum Halt hob, sah er sie und bremste. Er wischte den Gedanken an sie beiseite und kurbelte die Scheibe herunter.

»Moin.«

»Morgen.«

»Willst du wieder an den Deich?«

»Wienke will mit dir schlafen.«

Sten würgte den Motor ab. Der Postlaster machte einen Satz nach vorn.

»Was?«

»Wienke will mit dir schlafen.« Sie war wieder an das Fenster getreten.

»Jetzt?«

»Ja, jetzt.«

»Hier?«

Sten machte eine vage Handbewegung, deren Kreis sowohl den Postlaster wie die an die Straße grenzenden Felder mit einschloss.

»Bei mir. Im Gasthof.«

Wienke ging um den Laster herum und klappte sich wie selbstverständlich den Notsitz herunter.

»Niß' Gasthof«, sagte er.

Sie fuhren in den Ort und Sten hielt in einer Seitenstraße. Das Pflaster glänzte noch im tauschweren Morgen, aber bald würden die Traktoren zur Arbeit ausrücken und seine schimmernde Haut überrollen.

Stens Erregung wuchs. Bevor er ausstieg, suchte er

im Handschuhfach nach einem Kondom. Das hatte ihm ein älterer Kollege am ersten Diensttag grinsend mit den Worten gegeben, dass es zum Beruf eines guten Postboten gehörte, nie mit einem vollen Sack nach Hause zu kommen.

In all den Jahren hörte Sten immer wieder Gerüchte von einsamen Hausfrauen, die die Briefträger vom Fahrrad herunter zu sich ins Bett zerrten. Und obwohl er um die Angeberei seiner Kollegen wusste, hatte er in der ersten Zeit doch sehr auf solche Frauen gehofft, ohne dass ihm jemals auch nur eine untergekommen war.

Er fand das Kondom in einer Tüte ›nimm2‹.

Breitbeinig folgte er Wienke um zwei Ecken zu Niß' Gasthof.

Sie zeigte auf ein Fenster im ersten Stock, in dem sich eine orangefarbene Gardine bauschte.

»Da oben rein.«

»Hast du keinen Schlüssel?«

»Iven hat ihn. Er hat Wienke eingeschlossen.«

»Warum das?«

»Damit er schlafen kann.«

Sie ist echt merkwürdig, dachte Sten, aber schön.

»Du zuerst.«

Wienke kletterte auf das Fenstersims des unteren Zimmers, fand einen Tritt in der Regenrinne, zog sich auf einen Mauervorsprung hoch und griff in ihr Fenster. Sten staunte über die Kraft dieser Frau und war sich unsicher, ob er es ebenfalls schaffen würde. Sein Fuß passte nicht in den Spalt zwischen Regenrinne und Mauer und er sah sich schon allein mit seiner Schwellung vor dem

Fenster stehen, als er sein Knie auch ohne Regenrinne auf den Absatz zwang. Wie ein Seehund auf das Land wälzte er sich durch das Fenster in Wienkes Zimmer. Als er sich wieder aufgerappelt hatte, sah er sie vor ihrem Bett stehen.

»Jetzt ausziehen.«

Sten ging auf sie zu. Er blieb einen Schritt vor ihr stehen und hielt ihr beide Hände entgegen, die Handflächen nach oben gerichtet. Das Blut jagte ihm durch das Hirn und als Wienke seine Hände nahm und stillhielt, merkte er, dass er kurz davor war zu weinen. Er umarmte sie. Sie lag im Nest seiner breiten Arme und er spürte, wie sich ihr Brustkorb hob und senkte. Ihre Haare waren vom Seesalz pappig wie nasses Stroh und rochen nach Wind. Dann spürte er eine leichte Bewegung weg von ihm und er gab sie frei. Wienke trat zurück und ließ ihren Mantel auf den Fußboden fallen, zog sich ihr T-Shirt über den Kopf, dann das Bustier. Sten war unfähig, sich zu rühren. Er wollte etwas sagen, aber sein Mund öffnete und schloss sich wieder, ohne dass er einen Laut von sich geben konnte. Wienke hatte sich Schuhe, Hose, Slip und Socken ausgezogen. Nackt stand sie vor Sten. Er betrachtete ihren Bauch, von einem Fächer deutlich hervortretender Rippen eingefasst und um einen dunklen Bauchnabel zentriert. Sie war sehr mager.

»Du auch.«

Sie wartete. Und Sten sah, während er sich auszog, wie sehr sie fror. Als auch er nackt war, gingen sie zum Bett. Sie legte sich zuerst hinein. Sten stieg hinterher.

39

Vor den weißen Mauern des ›Seesterns‹ wurde der Morgen schneller hell. Ann Grethe schloss die Hintertür des Hotels auf, das groß und ausladend wie eine Kathedrale war. An das zeitige Aufstehen war sie gewöhnt.

Der ›Seestern‹ hatte auch im Winter geöffnet, obwohl es kaum Besucher gab. Nur über Weihnachten war mehr los gewesen. Eine Universitätsgesellschaft hatte eine Tagung über Schriftfunde am Toten Meer abgehalten. Ann Grethe half in der Küche aus und hörte zu, wann immer sie konnte. Jetzt zahlten sich ihre braunen Beine aus, denn die Professoren und Wissenschaftler freuten sich, wenn sie ihnen Kaffee oder Wein brachte. Den Diavortrag über die Salzgrotte, in der die Schriften in Tonköchern gelagert hatten, verfolgte sie von Anfang bis Ende.

In der ersten Messe im neuen Jahr erzählte sie, dass es ein fünftes Testament gab. Noch nie war es während einer Andacht so still gewesen. Und als dann der Priester aufstand und seine Arme ausbreitete, sah er aus wie der Gekreuzigte selbst. Er glich seinem Bild. So hatte Ann Grethe ihn das erste Mal gesehen. Es war früh morgens im Hotelpool gewesen. Der ›Seestern‹ hatte gerade erst eröffnet und Jantje lebte noch im Ort. Wie jeden Morgen seit der Eröffnung kam er als Erster und kraulte tausend Meter. Doch diesmal war er nicht allein im Wasser. Ein Mann trat fünf Minuten nach Jantje aus den Männerduschen. Seine Haut glänzte im blauen Blau des Schwimmbades wie Knochen. Der gesamte Körper, sogar die Waden waren unbehaart. Das irre Flimmern des Wassers tanzte auf seinem Gesicht. Die hageren Züge veränderten sich von Sekunde zu Sekunde. Die ganze Erscheinung hatte etwas Unabgeschlossenes. Aus allem strömte Bewegung.

Der Mann glitt ins Wasser. Ann Grethe schob die Feudelmaschine dichter an den Beckenrand, um die kräftigen Stöße der weißen Beine besser sehen zu können. Der Mann schwamm eine Weile neben Jantje her. Der Holländer wurde langsam nervös. Und schließlich brach Jantje sein Training ab. Er richtete sich im flachen Wasser auf und sprach den Fremden an. Was sie redeten, hörte Ann Grethe nicht. Aber sie sprachen lange miteinander und verließen das Schwimmbad gemeinsam.

Ann Grethe war mit dem Wischen fertig. Sie stellte die Maschine in das Kabuff zurück und sah auf die Uhr. Es war noch Zeit. In der Kabine mit ihrer Lieblingssolarbank zog sie sich aus. Vor einem Spiegel standen Sonnencreme und Après-Lotion. Sie tupfte sich einen Zebrastreifen Schutzmittel auf die Unterarme und Punkte auf die Wangen. Der Spiegel zeigte eine alberne, cremesprossige Frau. Sie verrieb die Streifen und schmierte sich dann Bauch und Schenkel ein. Dabei dachte sie an Iven und an die Frau, die er mitgebracht hatte. Er hatte sich in all den Jahren gar nicht verändert. Ann Grethe überlegte, ob man Iven zurückhaltend nennen konnte. Aber andererseits war er manchmal auch geradezu draufgängerisch.

Sie stemmte den massiven Deckel der Höhensonne hoch und legte sich auf die Neonröhren. Dann zog sie den Deckel herunter und schloss ihn über sich. Für ein paar Augenblicke blieb sie in der Kälte liegen. Durch ihre klebrige Haut drang die Unempfindlichkeit des Glases. Dann knipste sie den Bräuner an. Das tote Licht künstlicher Wärme verdampfte die Feuchtigkeit der Lotion.

Der Fremde aus dem Schwimmbad war damals zur Mitternachtsmesse gekommen. Er saß in der Reihe vor Ann Grethe und sie blickte die ganze Zeit auf seinen ausrasierten Nacken, der wie Seife schimmerte.

Nach der Messe hatte sie ihn gefragt, ob er ein neues Mitglied war. Der Mann lachte mit einer wundervoll tief tönenden Stimme, beantwortete die Frage aber nicht.

Heute wusste Ann Grethe, warum. Er war nicht gekommen, um in die Gemeinde aufgenommen zu werden, sondern um die Gemeinde zu übernehmen.

Er begleitete sie nach Hause. Sie wohnte damals zur Untermiete bei Peters. Noch nie hatte Ann Grethe mit einem Mann geredet wie mit ihm. Er wollte alles wissen. Er interessierte sich für ihren Glauben und für ihre Gedanken. Er fragte nach Hauke Haien und nach Jesus Christus.

»Haien«, sagte Ann Grethe, »liebte niemanden. Christus alle.«

»Gehst du deswegen zu Jantje?«

Vollina Haders hatte Ann Grethe das erste Mal mit zu Jantje genommen. Vollina war noch nicht mit Peters zusammen und Ann Grethe hatte gerade auf Haiens Hof angefangen. Sie bewunderte Vollina. Alles an ihr strotzte vor Selbstbewusstsein. Mit ihr rauchte Ann Grethe Wasserpfeife, gemeinsam klauten sie der alten Antje Wohlers Äpfel, Vollina zeigte Ann Grethe, wie man sich im Schritt rasiert. Ann Grethe traute sich erst nicht, aus Angst, die Schlagader aufzuschlitzen. Vollina lachte: »Das wäre dann tatsächlich eine haarige Angelegenheit.«

Nachdem Vollina tot war, ging Ann Grethe trotzdem weiter zu den ›Fünfzig Gerechten‹. Vielleicht, weil sie sich daran gewöhnt hatte, vielleicht aber auch, weil die Bewunderung für Vollina nach ihrem Tod nicht geringer wurde.

Später in der Nacht, als der Fremde still atmend wie ein Kind neben ihr lag, öffnete sie ihm die Hand und strich mit den Fingern über die teigigen Flächen. Seine Hände waren fast faltenlos. Alles an ihm war anschmiegsam und nackt.

Als sie in der Neujahrsmesse von dem fünften Evangelium erzählte, waren es diese weißen Hände, auf die Ann Grethe immerzu starren musste. Die Stille war bedrückend wie ein Stöhnen. Und dann sprach er mit seiner warmen Stimme und alles ordnete sich.

Sie tastete nach dem Schalter für den Gesichtsbräuner und knipste die Lampe aus. Dann öffnete sie die Augen und blinzelte in die taube Helligkeit. Sie sah ihren Körper zwischen den Neonröhren. Ihr Schamhaar glänzte metallisch wie Draht.

Ann Grethe drückte den schweren Deckel der Solarbank nach oben. Die kleine Kabine füllte sich mit himmelweißem Licht. Sie schaltete die Lampen hastig aus. Auf einmal war verboten, was sie tat. Nicht nur das unerlaubte Benutzen der Höhensonne, sondern alles. Ihr Leben.

40

Der Morgen hatte die Farbe von Papier angenommen. Pappe machte sich noch einmal auf den Weg an den Strand. Er hatte die ganze Nacht kaum ein Auge zugetan.

Wienke Haien war zurück.

Noch immer zeterten die Möwen und Raben wateten durch den aufgewühlten Schlamm. Die Kieler Meeresbiologen hatten den Wal mit Kettensägen ausgeweidet. Blut und Tran hatten gespritzt, als hätte man in das heiße Wachs einer Kerze geblasen. Die Rippenbögen stachen aus den Fleischklumpen. Sie ähnelten Stoßzähnen. Es stank erbärmlich. Pappe dachte an Jona im Bauch des Wals und musste sich übergeben. Mit einem Büschel Gras wischte er sich den sauren Speichel vom Mund. Eine Schnecke flüchtete mühsam über den freigelegten Kantstein. Die Härchen der kleinen Moosflechten wurden von der silbrigen Schleimspur verklebt. Pappe setzte sich ein paar Meter weit weg. Der Geruch seines Erbrochenen wurde von dem darmfaulen Gestank des Walkadavers überdeckt.

Bei seiner ersten Begegnung mit Jantje hatte er ihn nach Haiens Tochter gefragt. Es war fast die gleiche Uhrzeit gewesen wie jetzt, als er damals zum ›Seestern‹ rausgefahren war. Pappe hatte ein flaues Gefühl gehabt, als er zu dem Priester in das elektrisch leuchtende Wasser stieg. Misstrauen, Neugier und Bewunderung schoben sich ineinander. Er wusste genug, um Jantje alles zuzutrauen. Seine erbarmungslose Auslegung der Schrift hatte die Gemeinde der ›Fünfzig Gerechten‹ zum Äußersten getrieben.

Pappe überlegte, ob er an dem Morgen, als er Jantje traf, noch die Absicht hatte, die Wahrheit über Hauke Haiens Tod zu schreiben. Wahrscheinlich fasste er den Entschluss, Haiens Geschichte für seine Zwecke zu benutzen, während jener Viertelstunde mit Jantje im Bassin. Selten war ihm ein Mensch so zuwider wie der Holländer. Seine Arroganz erlaubte Jantje nicht, etwas abzustreiten. Er war ein religiöser Fanatiker, der weder Fleisch aß noch Kaffee trank. Gleichzeitig redete er über Leben und Tod wie ein Metzger. Dazu kam sein weibisches Wesen. Jantje war zickig und weinerlich zugleich.

Während das Wasser über den Beckenrand schwappte und sein Gurgeln in den Gullys von der Feudelmaschine verschluckt wurde, schlug Pappe sich auf Hauke Haiens Seite. Es verlangte ihm das Äußerste an Selbstverleugnung ab, Jantje später bei sich einziehen zu lassen. Es diente seinen Plänen. Und es würde nicht für lange sein.

Der Erfolg seines Buches übertraf alle Erwartungen. Jantje hielt Pappe seitdem für seinen Freund. Von sich selbst eingenommen, erkannte er nicht, dass Pappe an seinem eigenen Werk arbeitete. Es verdiente zweifellos einen gewissen Respekt, wie Jantje seine Gemeinde aufgebaut hatte. Pappe aber wollte eine neue Religion schaffen. Hauke Haien war der Mythos, auf dem er seine Kirche errichtete. Er war der Gott, der sterben musste, damit das Weiterleben möglich war. Der Teil der Schuld, den die anderen an seinem Tod hatten, war der Schwur, der sie in sein Bündnis zwang.

»Was ist mit Wienke Haien?«, hatte er Jantje an jenem Morgen im Schwimmbad gefragt.

»Sie hätte nie leben dürfen«, gab der Holländer achselzuckend zurück.

Die Kälte, die der Stein in der Nacht gespeichert hatte, drang langsam durch Pappes Hose. Er stand auf und klopfte sich auf den Hintern, um die Feuchtigkeit abzuschütteln.

Es wäre besser gewesen, Wienke Haien hätte nie gelebt. Sie machte Hauke Haien unrein. Elke war gerade noch spröde genug. Sie befleckte Haien nicht. Aber die Vorstellung, dass der Übermensch seinem debilen Kind die Windeln wechselte, beschmutzte nicht nur die Erinnerung an Haien. Sie war ein Affront gegen Pappe selbst. Sie war die Axt, die an sein Werk gelegt war. Wienke Haien würde zum Einsturz bringen, was er mühevoll aufgebaut hatte – einen Glauben. Sie war das Mal, das seiner Geschichte anhaftete und das er bereits getilgt geglaubt hatte. Er musste den Makel auslöschen.

Pappes Übelkeit war Hunger gewichen. Sein Magen rumorte leise.

Der Kopf des Wals war gestern auf einen Sattelschlepper geladen worden. Der Rest war eine klaffende Fleischwunde.

Pappe würde sich zum Frühstück Eier mit Speck braten.

41

Die Trecker waren längst über das Kopfsteinpflaster geholpert. Niß war schon auf seinem kleinen Kutter und holte die Reusen ein. Pappe war bereits vom Strand zurück. Iven blieb ruhig im Bett liegen und schaute in das bebende Blau hinter dem Fensterglas. Die Minuten träufelten durch sein Hirn.

Er hatte dem Gerede über die Schönheit der Natur nie viel abgewinnen können. Iris war gern an der frischen Luft und hatte ihn am Anfang dauernd nach der See, der Marsch und dem Watt gefragt. Wie es sei, jetzt in der Stadt zu leben, nachdem man die Weite des leeren Meeres kannte, die durchsichtige Bläue des Himmels nun mit Häusern vernagelt. Iven hatte geantwortet, dass er bei Haien früher aufstehen musste und beim Slowaken später ins Bett ging. Es kam auf das Gleiche raus.

Seit zwei Tagen wieder an der Küste dämmerte ihm, was Iris gemeint hatte. Hier hatte der Himmel eine Bedeutung, war die Höhe unmittelbar.

Iven stand auf, duschte und dachte über seine nächtliche Begegnung mit Wienke nach. Entweder konnte er sich nicht mehr an alles erinnern oder er hatte nicht kapiert, was sie ihm gesagt hatte. Außer von ihrem Kirchbesuch und ihren Grübeleien über die Sünde und die Sintflut wusste er gar nichts.

Iven betrachtete sich im Spiegel. An den Rändern kalkbeschlagen und mit Spinnweben verklebt, konnte die reflektierende Glasfläche doch nicht verhindern, dass der Mann mit seinem Bild zufrieden war. In den neuen Kleidern fühlte er sich leichter.

Auf dem Flur legte er ein Ohr an Wienkes Tür. Kein Geräusch war zu hören. Iven klopfte an und schloss dann auf.

Wienke saß im Bett. Im Zimmer stand Sten, ein Bein in seiner Postuniformhose. Ivens Hochgefühl fiel in sich zusammen. Sten nickte ihm aus seiner verwinkelten Haltung zu. Wienke lächelte.

»Guten Morgen, Iven.«

»Was ist das?« Er deutete auf Sten.

»Das ist Sten. Ich habe dir seinen Postlaster gezeigt.«

»Nein. Ich meine, was hast du gemacht?«

»Wienke hat gesündigt.«

Baff stierte er Wienke an, die beseelt strahlte.

Sten hatte sich notdürftig angezogen und ergriff die offene Tür zur Flucht. Als Iven ihn packen wollte, war der Postbote schon verschwunden.

Iven wusste nicht, ob Wienke schon zuvor mit einem Mann geschlafen hatte. Die Wohngruppenleiterin war sich sicher, dass dies nicht der Fall war. Er konnte nicht umhin, das Bett auf Blutflecken zu mustern, entdeckte aber keine.

»Hunger«, sagte sie.

Iven trottete aus dem Zimmer.

»Ich warte unten auf dich.«

In einer kleinen Backstube im Kurzen Rehm frühstückten sie von dem Geld, das Wienke Iven gegeben hatte. Iven hatte nicht übel Lust, einen Schnaps zu trinken, bekämpfte dann aber den Kaffeegeschmack in seinem Mund mit Kaffee.

»Was sollte das?« Bis dahin hatte Iven noch kein Wort gesprochen. Und da Wienke nicht gleich antwortete, stieß er voll Ungeduld nach.

»Warum hast du das gemacht?«

Wienke ließ ihr leeres Mettbrötchen sinken, von dem sie nur das gehackte Fleisch abgenagt hatte.

»Wienke wollte wissen, was Sünde ist.«

»Und? Weißt du es jetzt?«

Sie nickte.

»Wienke hat ihn nicht gefragt.«

»Du meinst, du hast ihn nicht gefragt, ob er mit dir schlafen will?«

»Ja. Er ist einfach mitgekommen.«

»Das hätte jeder getan. Warum willst du unbedingt sündigen?«

»Wienke kann es nicht sagen.«

Das hatte sie schon einmal geantwortet. Iven fiel die Frage nicht mehr ein, die er ihr damals gestellt hatte.

Er trank seinen Kaffee aus.

Wienke wollte schlafen.

Iven brachte sie zurück in ihr Zimmer.

Sie warf sich angezogen und mit Schuhen auf das Bett. Es war kurz nach neun und die Sonne stand blank über den Geräuschen, die von der Straße ins Zimmer schwappten. Iven schloss das Fenster.

»Du haust nicht wieder ab, ja?«

Dass sie mit Sten geschlafen hatte, schien ihm plötzlich etwas weniger schlimm, als wenn es mit einem anderen Mann gewesen wäre. Immerhin hatten sie die ersten vier Lebensjahre miteinander verbracht. Und sowohl Elke Haien wie Stens dicke Mutter hatten ihre Späße über das kleine Paar gemacht, wenn Wienke mit dem Steppke Hand in Hand über den Hof marschierte, Sten für sie Sandkuchen backte und Perle zwischen ihnen hin und her hopste.

Wienke richtete sich noch einmal auf.

»Wienke bleibt.«

»Schlaf schön.«

Ihr Danke umschloss mehr als nur den Moment. Als er die Tür zu Wienkes Zimmer hinter sich absperrte, fiel Iven seine Frage wieder ein. Er hatte wissen wollen, was sie in der Kirche gemacht hatte. Auch darauf konnte Wienke nicht antworten. Er schloss die Zimmertür wieder auf. Wienke hatte die Augen geschlossen und atmete tief. Er verglich sie mit der Frau, die vor wenigen Tagen in seinem Bett in Hamburg gelegen hatte. Das Gesicht schien verändert, er wusste nicht ob glücklicher oder trauriger. Oder vielleicht hatte er sich auch nur an ihre herben Züge gewöhnt.

Wienkes Gesicht wurde von Iris' Bild überlagert. Die Nacht mit Ann Grethe bekam auf einmal einen faden

Nachgeschmack. Nie hatte er in den letzten fünfzehn Jahren so viel für Iris empfunden wie jetzt. Sie wäre von ihm enttäuscht.

Als Iris das erste Mal zu ihm kam, war es Iven egal, mit wem sie sonst noch schlief. Aber nach der zweiten Nacht wurde es wichtig. Iven fragte den Slowaken nach Iris' Lebensgeschichte. Der zog ihn auf.

»Ein verknallter Türsteher ist das Letzte, was ich gebrauchen kann.«

Dann erzählte er Iven doch das wenige, was er von Iris wusste. Und obwohl Iven nicht sicher war, ob er ihm glauben sollte, gab er sich erleichtert damit zufrieden, dass sie nicht anschaffen ging und nie eine Hure gewesen war. Anfangs war Iven davon überzeugt, dass sie noch einen anderen hatte. Aber er fand keine Zeit, um seinem Misstrauen nachzugehen, und irgendwann vergaß er es. Einmal verdächtigte er den Slowaken, mit ihr geschlafen zu haben. Als sie morgens aus seinem Bett stieg, hatte sie rote Striemen auf dem Rücken. Die Praktiken des Slowaken waren berüchtigt. Aber Iven fragte sie nicht, woher die Wunden stammten, und so erledigte sich die Sache von selbst.

Iris akzeptierte, dass Iven sich nicht um sie kümmerte. Sie ließ ihn in Ruhe. Bepackt mit Schuldgefühlen vor Wienkes Bett begriff er, dass Iris nur ihm zuliebe ihr Bedürfnis nach Gemeinsamkeit zurückstellte.

Er ließ die Tür etwas lauter in das Schloss schnappen und horchte, ob Wienke wach wurde. Aber sie schlief weiter.

42

In einem Hinterzimmer vom ›Dicken Fritz‹ stand ein Krökeltisch. Sten spielte dort gelegentlich gegen sich selbst Tischfußball. Nach jedem Schuss wechselte er die Seiten. Er versuchte, unparteiisch zu sein, konnte es aber nicht verhindern, dass immer die Roten gewannen. Die Tore hatte er mit Papiertaschentüchern ausgestopft, um Geld zu sparen.

Er hatte einen Walkman auf und hörte eine Kassette mit der Schlusskonferenz der Bundesligaspiele von letzter Woche. In Bielefeld, Ulm, Duisburg, Freiburg und Rostock blickten die Schiedsrichter auf ihre Uhren. Noch sieben Minuten, in Bielefeld nur noch fünf.

Stens Welt war aus den Fugen geraten. Dass am Samstag Millionen Menschen das Gleiche hörten, sahen und dachten, beruhigte ihn ein wenig. Außerdem kannte er die Ergebnisse bereits, sodass es noch nicht einmal sonderlich spannend war, dem aufgeregten Kommentar der Reporter zuzuhören. Doch diesmal stellte sich keine Normalität ein. Seine Gedanken kamen nicht von Wienke los. Er hörte zwischen dem Ploppen der Gummifüße am Filzball das Knarren des Hotelbettes, sah ihr vom Kissen zerknautschtes Gesicht. Die Wärme ihres Bauches war noch in seiner Hand und er spürte ihren Zeigefinger um seinen kreisen. Kurz bevor Iven alles kaputt gemacht hatte, gurrte eine Taube vor dem Fenster. Der Tag prallte an den Scheiben ab.

In Rostock war das Spiel schon aus. Die Ulmer hatten verloren und würden wohl absteigen. Auf den anderen

Plätzen wurde noch gespielt. In Bielefeld waren sie schon über die Zeit.

Sten zog die Taschentücher aus den Toren. Die Roten lagen unaufholbar vorne. Er wusste nicht, wie es weitergehen sollte. Vage spielte er mit dem Gedanken, Wienke einen Blumenstrauß zu pflücken. Andererseits hatte er schon oft gehört, dass man Frauen nicht verwöhnen sollte. Die Erwartungen würden immer größer werden.

Endlich war auch in Bielefeld Schluss. Er steckte den Walkman in seine Jackentasche und versenkte den Ball mit einem lupenreinen Eigentor im Kasten des blauen Torwarts. Jetzt kam es auch nicht mehr darauf an.

43

Iven rechnete eigentlich nicht damit, dass Wienke ihm eine brauchbare Antwort auf seine Frage geben konnte. Sie war zurück in ihren Geburtsort gekommen, um nach ihren Eltern und damit nach ihrer Geschichte zu forschen. Sie sah die Formlosigkeit des Meeres, die blanke Trostlosigkeit des Watts, die Fruchtbarkeit der Marsch. Was sie sah, konnte sie sagen. Blassgrüne Rübenäcker, Rapssprenkel, tintige Flut und die rissige Elefantenhaut des trocknenden Schlicks bei Ebbe. In der letzten Nacht war Wienke jedoch etwas begegnet, das sie nicht verstand, wofür ihr die Worte fehlten.

Der Wind zerrte die einzige Wolke weit und breit vor die Sonne, als Iven vor der Kirche ankam. Sie war abgeschlossen. Das Glas der Fenster hing matt in seiner Bleifassung. Der gedrungene Turm zog am Himmel vorbei, als die Wolke die Sonne wieder preisgab und den neuen Wetterhahn passierte. Seinen Vorgänger hatte vor fünfzehn Jahren der Sturm vom Dach geholt. Iven suchte im Glaskasten mit den Bekanntmachungen nach den Zeiten der Gottesdienste und dem Namen des Pastors. Er fand nur die Telefonnummer des Kirchenamtes in Husum. Zu schreiben hatte er nichts dabei und so versuchte Iven, sich die Nummer mit einer komplizierten Eselsbrücke einzuprägen. Dann machte er sich erfolglos auf die Suche nach einer Telefonzelle. Als er auf die Dorfstraße zurückkam, parkte Stens Postlaster auf dem Bürgersteig vor dem ›Dicken Fritz‹.

Iven hatte Wienke schon halb verziehen. Sie war volljährig und konnte schlafen, mit wem sie wollte. Aber mit Sten hatte er noch ein Hühnchen zu rupfen.

Ohne zu zögern, riss er die Beifahrertür des Postlasters auf und kletterte auf den Beifahrersitz. Sten war nicht da.

Iven wartete.

Vom Rückspiegel baumelte ein Plüschnessi, auf dem Armaturenbrett lagen eine Landkarte der Umgebung und ein angekauter Bleistift. Iven schrieb die Telefonnummer des Kirchenamtes auf eine Ecke der Karte und riss sie ab. Das Kartografische Bundesamt hatte die Gegend exakt vermessen. Alle Höhenlinien bezeichneten Warften. Sehr genau waren die komplizierten Strömungsverhältnisse im Watt vor dem Deich eingezeichnet. Iven suchte den Priel. Abgebildet war das Bett, das Hauke Haien ihm gegraben hatte. Dann fuhr Iven mit seinem Finger den tatsächlichen Priellauf nach, so wie Wienke ihn skizziert hatte.

Die Tür des ›Dicken Fritz‹ fiel hinter Sten zu. Er rülpste und überquerte die Straße, ohne sich nach Autos umzuschauen. Iven legte die Karte wieder zurück und rutschte auf seinem Sitz nach unten. Als Sten die Tür öffnete, sich die zwei Trittstufen mit einer zügigen Bewegung hochschwang und seinen Körper in die Fahrerkabine wuchtete, schlug ihm Iven mit der Faust auf die Nase. Es traf Sten völlig unvorbereitet. Er sackte benommen neben Iven auf den Fahrersitz. Iven sah auf seine Faust und auf das rosa Fleisch am Daumen, wo er sich verbrüht hatte. Jetzt schmerzte es wieder.

Sten kam langsam zu sich.

»Was sollte das?«, zischte Iven.

»Heilige Scheiße, Iven.« Stens Nase schwoll so schnell an, wie sie sich rötete.

»Was sollte das mit …« Iven zauderte einen Moment. Fast hätte er sich versprochen und Wienkes Namen verraten.

»… Elisabeth?«

»Welcher Elisabeth?«

Iven hob seine Faust zu einem neuen Schlag.

»Du meinst Wienke.«

Sten wusste es also.

»Wie kommst du auf die Idee, dass sie Wienke heißt?«

»Sie sagt ihren Namen doch andauernd. Jeder hier weiß, dass sie die Tochter vom alten Haien ist. Oder jedenfalls, dass sie das behauptet.«

»Behauptet sie das?«

»Naja, nicht mir gegenüber. Ich weiß es von Peters.«

»Von Peters.«

»Ja.«

»Und da hast du dir gedacht, die Kleine ist doch doof im Kopp, die schnapp ich mir mal.«

»Nee. Das hab ich nicht gedacht. Ich hab gar nichts gedacht. Und es ist auch gar nichts passiert.«

»Was ist nicht passiert?«

»Na – das.«

»Willst du mich verarschen?«

»Sie wollte, dass ich mitkomme. Und dann hat sie nur nackt neben mir im Bett gelegen und geschlafen. Kapierst du?«

»Nein.«

»Sie wollte mit mir schlafen. Und das hat sie gemacht. Wir haben einfach nur nebeneinander geschlafen.«

Iven fing an zu lachen. Erst war es nur die Erleichterung, die sich irgendwie Luft machen musste, dann verselbstständigte sich das Gefühl wie ein nachlassender Krampf. Und schließlich konnte er um des Lachens willen nicht aufhören zu lachen. Sten lachte ebenfalls, wenn auch weniger laut. Allmählich beruhigte Iven sich wieder.

»Erzähl die Geschichte bitte nicht weiter«, bat Sten ihn. Iven versprach es und entschuldigte sich für den Faustschlag. Sten bot Iven einen Bonbon an.

»Ist sie es?«

»Ist sie was?«

»Wienke. Ist sie Wienke?«

Iven wurde vorsichtig.

»Wieso?«

»Peters meint, sie ist eine Hochstaplerin. Sie lügt. Und du lügst. Er sagt, Wienke Haien ist bei der Sturmflut ertrunken.«

»Was meinst du?«

»Wieso ich?«

»Du hast mit ihr geschlafen.«

Sten schwieg. Iven sah ihm an, dass er noch nicht alles erzählt hatte, was in jenen Stunden mit Wienke passiert war.

»Sie hat im Schlaf geredet. Einen Abzählreim, eine Art Gedicht.«

»Und?«

»Kennst du das Gefühl, schon einmal bei etwas dabei gewesen zu sein, so als ob sich ein erlebter Augenblick wiederholt? Du machst irgendetwas und weißt, was gleich passieren wird.«

»Ich weiß nicht.«

»Als sie diesen Reim murmelte, da dachte ich das. Etwas, das ich kenne, aber nicht mehr weiß. Vielleicht kann man lügen oder etwas vorspielen, wenn man wach ist. Aber im Schlaf?«

»Vielleicht hat sie nicht geschlafen?«

»Sie hat.«

»Wieso bist du so sicher?«

»Wenn sie nicht geschlafen hätte, hätte ich mit ihr geschlafen.« Sten schnitt eine Grimasse und schob sich selbst einen Bonbon in den Mund.

Iven stand schon auf der Straße, als er sich noch einmal umdrehte.

»Wie geht es deiner Mutter?«

»Ist vor zwei Jahren mit 'nem Macker nach Namibia abgehauen. Hat sich einfach abgesetzt. Keine Postkarte. Nix.«

»Tut mir leid.«

»Ja.«

»Weißt du, wo hier eine Telefonzelle ist?«

»Beim ›Seestern‹. Wen willst du anrufen?«

»Das Kirchenamt in Husum.«

»Wieso?«

»Weil Wienke letzte Nacht in der Kirche war. Ich will wissen, ob es einen Gottesdienst gab. Weißt du das?«

»Ich wohne in Husum. Ich bin nur noch vormittags hier. Aber ich habe ein Handy.« Er reichte Iven sein Telefon. Iven wählte die Nummer, die er sich auf der Kartenecke notiert hatte, lauschte eine Weile auf das Tuten und dann auf eine weibliche Stimme, die ihn vom Band informierte, dass das Kirchenamt erst wieder am Montag besetzt war.

Er gab Sten das Handy zurück.

»Ist hier am Sonntag Gottesdienst?«

»Frag mich nach dem Spielplan der Bundesliga, aber nicht nach den Kirchenzeiten.«

»Wer weiß so was, wenn das Kirchenamt blaufeiert?« Sten überlegte kurz.

»Pappe.«

44

Die Kartoffelrosen auf dem Torbogen zum Schulhof fingen an, sich zu öffnen. Zwischen dunkelgrünen Blättern spitzten die Knospen ihre pinken Lippen. Iven klingelte. Er hörte Schritte im Haus näher kommen. Pappe machte auf. Er trug hellblaue Tennishosen, ein Poloshirt und farblich passende Socken. Sein kurz geschnittenes Haar war zurückgebürstet und sein Gesicht frisch rasiert. Es glänzte offen und freundlich, obwohl seine Hautfarbe nicht die gesündeste war. Iven fragte sich, warum Pappe keine Frau hatte. Dabei wusste er gar nicht, ob er nicht eine Frau hatte. Wenn die Räume im Seitentrakt des Schulgebäudes als Schlafzimmer benutzt wurden, musste Pappe sogar eine große Familie haben.

»Herr Johns. Das ist eine Überraschung.«

Iven horchte auf Zwischentöne, konnte aber keine Häme ausmachen.

»Tag, Herr Pappe. Ich will Sie nicht lange stören.«

»Sie stören nicht.« Pappe trat zur Seite und Iven folgte ihm in den Flur. Er streifte den Platz, wo früher sein Haken hing. Was immer dort auf der Wand geschrieben war, es war übermalt.

Pappe war in das Wohnzimmer, den ehemaligen Schulraum, in dem Iven Tee getrunken hatte, vorgegangen.

»Haben Sie die Frau, die Sie suchten, gefunden?« Pappe wirkte interessiert.

»Ja. Sie war tatsächlich in Niß' Gasthof. Danke für den Tipp.«

»Gut, gut. Nichts zu danken.« Pappe wartete, dass Iven fortfuhr. Iven bemerkte keine Spannung oder Neugier, nur höfliche Aufmerksamkeit.

»Ich überlege, wieder zurückzukommen. Ganz, meine ich. Ein Haus zu kaufen. Ich habe während meiner Zeit in Hamburg ein bisschen gespart. Sie wissen nicht zufällig, was aus dem Land der Familie Haien geworden ist?«

»Doch, das weiß ich. Ich sagte ja, mit der Vergangenheit kenne ich mich besser aus als mit der Gegenwart.« Er lächelte Iven an.

»Nach jener schrecklichen Nacht und dem Tod der Eltern und der kleinen Wienke fiel das Land an den Staat. Es gab keine Erben oder Verwandten. Und da Ole Peters nach Haiens Tod Bürgermeister wurde, konnte er das Land günstig erwerben.«

»Wie günstig?«

»Günstig halt. Die Ausschreibung lief über die Gemeinde. Die Gebote gingen direkt an ihn und er war für die Abwicklung des Kaufes zuständig. Und da hat er es selbst gekauft und noch genug Geld gehabt, um seine Schafzucht groß aufzuziehen.«

»Peters & Söhne.«

»Ja.«

»Aber er hat doch gar keine Söhne.«

»Als er mit der Schafzucht begann, lebte seine Frau noch.«

»Und Sie meinen, er hat die anderen Bewerber übers Ohr gehauen?«

»Es gab keine anderen Bewerber.«

»Was? Wieso nicht?«

»Das Land liegt hinter dem Deich. Keiner traute sich nach jener Nacht, so dicht ans Wasser zu gehen.«

»Aber der Deich um Haiens Land hat gehalten, der alte Deich ist gebrochen.«

Pappe zuckte mit den Schultern.

»Ich kann nur sagen, dass es laut Peters niemanden gab, der das Land haben wollte. Das hat den Preis natürlich gedrückt. Wollen Sie sich denn auf dem ehemaligen Land der Haiens niederlassen?«

»Ich weiß nicht. Es ist wahrscheinlich eine alberne Idee. Aber irgendwie denke ich, ich gehöre dahin.«

»Es ist keine alberne Idee. Ich denke, Sie sollten mal mit Peters reden.«

Iven stand auf.

»Ist er denn noch Bürgermeister?«

Pappe schüttelte den Kopf.

»Nein. Haben Sie ein Rathaus gesehen? Das Dorf wurde Hattstedt eingemeindet. Das hat Peters den Bürgermeisterposten gekostet, dafür zwei Tennisplätze gebracht. Spielen Sie Tennis?«

»Nein, leider nicht. Aber danke für die Auskünfte.«

»Nichts zu danken.«

Iven stand auf, zögerte plötzlich, als fiele ihm noch etwas ein. »Ja?«

»Ist mit dem Bürgermeister auch das Kirchspiel an Hattstedt gegangen?«

Diesmal antwortete Pappe nicht gleich. Für einen Moment verschwand sein Lächeln und ein achtsamer Ausdruck streifte sein Gesicht, der jedoch gleich wieder verflog.

»Mit der Kirche kenne ich mich schlecht aus. Wollen Sie denn Ihr Haus auf dem Kirchhof bauen?«

Iven lachte, so gut er konnte, und hoffte vergebens, dass es sich nicht gekünstelt anhörte.

»Nein, nein. Ich habe gestern im Vorbeigehen ein Auto vor der Kirche gesehen. Und Elisabeth, meine Freundin aus Hamburg, wollte gerne einmal in die Kirche reinschauen. Aber als wir wieder hingingen, war sie zu. Und beim Kirchenamt meldet sich niemand.«

»Das tut mir leid. Soviel ich weiß, kommt der Pastor am Sonntag früh morgens und um zehn Uhr ist Gottesdienst. Jedenfalls läuten dann immer die Glocken.«

Sie standen jetzt wieder in dem dunkel gefliesten Flur vor der Haustür.

»Danke noch einmal.«

»Nichts zu danken. Wann waren Sie denn gestern Abend bei der Kirche?«

Iven war auf der Hut.

»So gegen fünf.«

»Was war das denn für ein Auto, das Sie gesehen haben?« Iven, die Klinke in der Hand, roch plötzlich den Benzingeruch seiner Haut. Er schwitzte.

»Ich habe nicht darauf geachtet.«

»War es vielleicht ein blauer Pick-up? Ich habe Ole Peters mit Ihrer Freundin im Auto durch das Dorf fahren sehen. Es muss so gegen fünf gewesen sein.«

Es gelang Iven nicht, seine Überraschung zu verbergen. »Das hat sie mir gar nicht erzählt.«

Pappe ließ sich nicht anmerken, dass ihm Ivens Verwirrung aufgefallen war.

»Frauen sind voller Geheimnisse. Und sagten Sie nicht, dass dies eine besonders außergewöhnliche Frau ist?«

»Ja. Vielleicht.« Iven hatte es plötzlich sehr eilig.

45

Ole Peters holte sich den Kuhfuß, mit dem er den Rost vom Silo geschlagen hatte, und ging in den Pesel. Nachdem er Wienke an der Kirche abgesetzt hatte, war der Versuch, den Tresor mit der Trennscheibe aufzuschneiden, gescheitert. Der Stahl war zu hart. Das Rad fraß sich nur einen Deut tief und unter stiebenden Funken ein. Einer der glühenden Blitze sprang Peters an und stach ihm in die Iris. Er konnte sein linkes Lid für Stunden nicht mehr öffnen. Alles Reiben und Waschen machten es nur noch schlimmer.

Erst am nächsten Morgen konnte Ole Peters wieder sehen. Die Flex fasste er nicht mehr an.

Er blieb vor dem Bild stehen, das er auf den Tisch gelegt hatte. Der Schimmel gierte ihn an. Die Frau lag in eigentümlich verrenkter Haltung auf dem Bett, ihr Kopf hing abgeknickt über der Bettkante. Er drehte das Gemälde um und legte es mit dem Motiv nach unten auf den schweren Eichentisch. Dann setzte er das Stemmeisen in den schmalen Spalt zwischen Tresortür und Fassung. Peters war ein starker Mann. Er legte sein ganzes Gewicht auf den Hebel, rutschte ab, verlor das Eisen, prallte auf den Tresor und schürfte sich die Fingerknöchel an der rauen Schnittstelle, die die Flex im Stahl zurückgelassen hatte, blutig. Das Fleisch war bis auf die Knochen weggerissen. Peters stöhnte.

Iven hatte vor der Warft geparkt und war zum Haus hinaufgespurtet. Der Hund war nirgends zu sehen. Iven ging, ohne zu klingeln, hinein. Trotz der Mittagszeit war das Haus dunkel und kühl. Während sich alles im Dorf verändert hatte, war dieses Haus mit seiner Geschichte identisch. Es war ungelüftet und roch nach alten Äpfeln, wie es wohl schon vor zweihundert Jahren gerochen hatte. Aus dem Pesel, der vor ihm lag, hörte er Peters' Stöhnen. Seine Schuhsohlen quietschten auf den stumpfen Bohlen. Er öffnete die Tür. Peters kniete in der Zimmerecke. Aus den Augenwinkeln nahm er eine Bewegung am anderen Ende des Raumes wahr. Er fuhr herum und sah den Hund hereinstürmen. Obwohl Perle nicht bellte, bemerkte auch Peters die heranfliegende Gestalt. Er richtete sich auf, suchte nach dem Ziel des Ansturms und stieß einen grellen Pfiff durch die Zähne aus. Das Tier, das gerade zum Sprung ansetzte, stoppte aus vollem Lauf und kam hechelnd neben seinem Herrn zum Stehen. Peters fasste es am Halsband und zerrte es zu dem großen Esstisch, wo er seine Leine um das Tischbein schlang. Erst jetzt wandte er sich Iven zu, dessen Schreck sich langsam wieder legte.

»Du hättest deine Freundin mitbringen sollen. Ihr frisst der Hund aus der Hand.«

Iven hatte Peters nie leiden können. Das war nichts Außergewöhnliches. Niemand konnte Peters leiden. Mit

Peters war nicht gut Kirschen essen. Er war bärbeißig, leicht zu reizen und flink mit der Faust, wenn er zornig wurde. Dass ihn die Leute dennoch akzeptierten, lag daran, dass sie Hauke Haien noch mehr fürchteten. Sie scharten sich um den aufbrausenden Peters, weil sie vor dem gleichbleibend eiskalten Haien Angst hatten. Nur Harke Niß machte eine Ausnahme. Sein Hass auf Peters war tiefer verwurzelt.

Auch Iven kannte die Unsicherheit, die Haien auslösen konnte. Seine Unerbittlichkeit und das absolute Vertrauen auf seinen Willen waren verstörend. Selten war Haien mit sich oder anderen zufrieden. Aber in den Jahren der täglichen Arbeit mit ihm entwickelte Iven aus der Kluft, die zwischen den beiden Männern auch blieb, wenn sie Seite an Seite Elkes Mustang anschoben oder mit blutigen Händen einen Schafbock kastrierten, Respekt für Haiens Perfektionsdrang. Er begann, die Ruhelosigkeit des verschlossenen Mannes zu bewundern. Wenn er allein war, ahmte er manchmal die Gebärden und Bewegungen seines Bosses nach. Er kniff die Augen zusammen, stemmte die Hände in die Hüften, den unzufriedenen Kopf leicht zur Seite geneigt, zog den Schleim rasselnd aus dem Rachen und spuckte aus.

»Was machst du da?« Iven wusste genau, was Peters machte. Vor fünfzehn Jahren hatte er genauso dagestanden.

»Das Gleiche sollte ich dich fragen. Das ist mein Haus.« Peters' knarrige Stimme klang angriffslustig. Aber diesmal bot Iven ihm die Stirn.

»Das da ist nicht dein Tresor.«

»Das ist mein Haus. Das ist mein Tresor«, konterte Peters.

»Dieser Tresor gehört der Tochter von Hauke Haien, Wienke.«

»Wienke ist tot. Sie ist ertrunken. Und das ist mein Haus und mein Land, auf dem du stehst.«

Ivens Trotz war stärker als der Vorsatz, Wienkes Identität nicht preiszugeben.

»Du hast das Haus und das Land gekauft. Aber was ist, wenn Wienke nicht tot ist, wenn sie wieder auftaucht? Wem gehört dann das Land, das du so billig erstanden hast?«

Peters griff nach dem Kuhfuß und schleuderte ihn nach Iven. Der versuchte, dem Wurf mit einer Drehung auszuweichen, doch die Eisenstange traf ihn in den Kniekehlen. Er fiel wie ein geschlagener Baum zu Boden. Der Hund, durch den Kampf aufgeschreckt, schlug an und zerrte wild an seiner Leine. Peters hob den Kuhfuß auf, zog Iven hoch und bugsierte ihn durch den Flur Richtung Haustür. Ivens Beine unterhalb der Knie waren taub und Peters schleifte ihn mehr, als dass er ihn führte. Als Peters die Tür öffnete und den Griff um Ivens Nacken lockerte, wand sich dieser aus der Umklammerung und schlug Peters seinen Kopf ins Gesicht. Der fiel ungebremst nach hinten und knallte auf die Schwelle zum Windfang. Iven warf sich auf ihn. Keuchend lag er auf dem anderen, der unter dem Gewicht nach Atem rang. Iven roch, dass Peters blutete.

»Du warst immer neidisch auf Haien und hast aus seinem Tod Gewinn geschlagen. Deine Rechnung ist fein aufgegangen, was?«

Peters versuchte, sich frei zu machen, aber Iven presste ihm seinen Unterarm über den Adamsapfel, sodass er ihm jeden Moment die Gurgel zudrücken konnte. Er ließ Peters gerade genug Luft, um seine Schuld zuzugeben.

»Was für eine Rechnung?«, röchelte Peters.

Iven spulte die Ereignisse noch einmal ab. Haien war abends rausgegangen. Soldaten waren im Dorf gewesen und hatten die Menschen evakuiert. Alle abkömmlichen Männer der Freiwilligen Feuerwehr waren unter Peters' Kommando draußen am Deich. Er zog die Leute von ihren Posten ab und veranlasste, eine Bresche in den neuen Deich zu graben. Zwar konnte Haien den Durchstich verhindern, doch währenddessen ging der alte Deich unbemerkt vor dem Wasser in die Knie.

»Wegen dir ist der alte Deich gebrochen.«

»Wieso wegen mir?«

»Du hast den Deich sich selbst überlassen, nur um es Haien heimzuzahlen.«

»Es war mein Land, das absoff«, ächzte Peters, »seins lag hoch und trocken hinter dem neuen Deich.«

»Lügner. Du bist Haien in den Rücken gefallen.«

»Wer sagt das?«

»Pappe.«

Augenblicklich erfasste Iven, wie absurd es war, sich auf Pappe zu berufen. Er ließ Peters etwas mehr Luft.

»Pappe hat doch keine Ahnung. Mit Schaufel und Spaten einen fast hundert Meter breiten und neun Meter hohen Deich durchzustechen geht gar nicht. Dazu Orkanstärke und die Brandung donnert dir um die Ohren. Wir waren doch nicht lebensmüde.«

Iven wälzte sich von Peters herunter. Die beiden Männer lagen im dunklen Flur und hörten ihren hämmernden Puls und die abgehackten Atemzüge des anderen.

»Du willst wissen, was passiert ist?«

Peters rang nach Luft.

»Es ist etwas passiert. Als Haien abends auf den Deich zurückkam, hatte er Sprengstoff dabei. Er hat den Befehl gegeben, den Deich in die Luft zu jagen. Es war das einzig Vernünftige. Ich muss dir nicht sagen, wie sehr ich seine arrogante Art gehasst habe. Ich habe sein Haus gekauft und sogar angefangen, Schafe zu züchten. Aber in dieser Nacht ging es nicht mehr um private Fehde. Wir waren uns einig. Wollte man den alten Deich retten, musste gesprengt werden. Weißt du, was das heißt?«

»Was heißt das?«

»Das heißt, dass der alte Deich eigentlich nicht mehr brechen konnte. Wenn der neue gesprengt war, gab es keinen Grund für den alten zu brechen. Der Druck wäre weg gewesen und der alte Deich hätte standgehalten. Haien wollte den neuen Deich, seinen Deich und sein Land opfern.«

»Warum ist der alte dann gebrochen?«

Wienkes Zeichnung vom Priel fiel Iven ein.

»Ich weiß es nicht. Haien schickte mich ins Dorf, um alles evakuieren zu lassen. Niß übernahm das Kommando über die Männer.«

»Ich stand auf dem Hof am Fenster. Ich habe keine Explosion gesehen.«

»Es gab keine Explosion. Ich habe Niß danach gefragt. Aber der redet ja nicht mit mir.«

»Der umgeleitete Priel traf den alten Deich.« Iven hob den Kopf.

»Woher weißt du das?« Peters' Stimme klang noch heiserer als sonst.

»Ist das ein Geheimnis?«

Es verstrichen einige Sekunden, bis Peters antwortete.

»Es war zumindest ein Geheimnis. Haien hat den Priel umgeleitet. Es war nicht nur das schwierigste, sondern auch das teuerste Teilstück bei den Bauarbeiten. Ein halbes Jahr vor dem Deichbruch war der Priel wieder da. Er hatte sich in sein altes Bett zurückgespült und drückte auf den alten Deich, weil ihm der neue den Weg versperrte. Haien war der Einzige, der es gesehen hatte. Wahrscheinlich war er der Einzige, der es sehen konnte. Aber es gab kein Geld mehr, um den Prielllauf ein zweites Mal zu dämmen. Man darf sich nie den Banken ausliefern. Also musste der alte Deich verstärkt werden. Haien wusste, dass das Fass voll war. Die Leute wollten nicht mehr. Er bat mich um ein Treffen. Das hatte er noch nie gemacht. Ich dachte, er wollte mir wieder Land abnehmen, und habe Zeugen mitgebracht. Marten Fedders, Detlev Wiens und Jacob Mayen. Aber Haien war verzagt. Ratlos hatten wir ihn noch nie gesehen. Am alten Deich wurde unter dem Vorwand, dass Mäuse ihn durchwühlt hatten, ein bisschen herumgeflickt. Haien bat uns, die Sache vertraulich zu behandeln. Ich versprach es ihm. Es war selten genug, dass ich etwas gegen ihn in der Hand hatte. Aber als dann der

Moment gekommen war, in dem ich mein Wissen ausspielen konnte, war er tot.«

»Das hast du Pappe nicht erzählt.« Iven staunte über Peters' Redefluss.

»Hör auf mit Pappe.«

Iven stand auf. Sein Schädel dröhnte. Peters machte Licht. Seine Schneidezähne waren blutgesäumt.

»Ich fahre zu Niß.«

46

Da Niß um diese Zeit noch auf See war, fuhr Iven nicht sofort zum Gasthof zurück. Er parkte den Passat auf einem Feldweg, öffnete die Türen und machte die Beine lang. In seinen Ohren rauschte das Blut mit dem Zirpen der Grillen um die Wette. Es war glutstill. Die Hitze brütete über den brachliegenden Feldern. Pfauenaugen tanzten lautlos ihren nervösen Reigen und ein Rebhuhn lief über den ausgedörrten Ackerweg. Zu einem drohenden Bild erstarrt, stand ein Falke in der Luft.

Iven war Knecht, Automechaniker und Türsteher bei einem Nachtclub. Er war kein Polizist. Sein Leben lang hatte er sich bemüht, einen Alltag zu leben, der ihn mit Fragen, die er nicht beantworten konnte, verschonte.

Für die Leute stand fest, dass Haien ein Schmarotzer war. Er hatte die Tochter des Bürgermeisters Tede Volkerts geheiratet, die Erbin des halben Landes hinter dem Deich.

Er selbst kam aus ärmlichen Verhältnissen und hatte den Tod vom alten Volkerts berechnend abgewartet. Elkes Vater hatte gedroht, seine Tochter zu enterben, wenn sie Haien heiratete. Zum Glück für Elke und Hauke starb der Alte, der bekanntermaßen nachts das ausgelassene Entenfett kalt aus der Pfanne löffelte, schon bald an Darmkrebs. Es nützte nichts, dass sie noch ein Jahr bis zur Hochzeit verstreichen ließen. Die Leute hatten ihre Meinung, zerrissen sich das Maul und stellten sogar Vermutungen über den vorzeitigen Tod von Elkes Vater an. Außerdem ging das Gerücht, dass Elke bereits am Tag nach der Beerdigung ihres Vaters das Land Hauke Haien überschrieben hatte.

Die Leute waren neidisch auf jene Art der Haiens, die Iven zu bewundern begann.

Die Haiens lebten ihr Leben unberührt von ihrer Umwelt. Sie waren sich genug und folgten nur ihrem eigenen Richtmaß. Verglichen mit ihrer Souveränität waren alle anderen in der Fron eines dumpfen Durchschnitts gefangen. Hauke und Elke kümmerten sich nicht um die Leute, ließen sie reden. Sie gingen nicht in die Kirche, setzten um, was sie sich vorgenommen hatten, bauten Deiche, kauften Ländereien, diktierten die Preise für Schafe, wie es ihnen zupasskam. Haien schenkte Elke auf Ole Peters' Hochzeit einen protzigen breiten Goldring und beleidigte so den Bräutigam. Die Leute hassten das Paar, suchten nach einer schwachen Stelle und fanden sie in Elkes Kinderlosigkeit. Der Bürgermeister und reichste Bauer der Gegend war ein unfruchtbarer Schlappschwanz.

Iven war sich jedoch sicher, dass die Haiens absichtlich ohne Nachwuchs blieben.

Es war ein stürmischer Tag. Hauke ging mit Iven in den Schweinestall und zwang mit seiner Hilfe den Eber auf die Sau. Zuvor hatten sie ihm mit dem Stiel der Mistforke zwischen den Beinen am Hoden gerieben. Die Sau brach unter dem Gewicht des mehr als doppelt so schweren aufreitenden Schweins fast zusammen und konnte weder vor noch zurück. Eber wie Sau wollten nicht zueinander. Haien führte den Eber in die Sau ein. Das Quieken war schriller als Kreide auf einer Tafel.

Als der Eber fertig war, wischte sich Haien das Sperma an der Hose ab. Iven war der Ekel ins Gesicht geschrieben.

»Ich will Weihnachten frische Ferkel. Die Zeit war reif«, sagte Haien trocken.

Es lag nicht an Haiens Manneskraft, dass er und Elke keine Kinder hatten. Sie blieben ohne Nachwuchs, weil die Zeit noch nicht reif war.

Als Ann Grethe erzählte, was bei Elke Haiens zierlichem Körper sowieso nicht mehr zu verheimlichen war, rechnete Iven zurück. Etwas musste sich ereignet haben, das die kinderlose Zeit beendete. Aber er kam zu keinem Ergebnis.

Wienke wurde bereits schwachsinnig geboren. Weder Hauke noch Elke schienen darüber betrübt zu sein. Die geistige Behinderung des Kindes wurde auf dem Hof nicht angesprochen. Dafür hatten die Leute aus dem Dorf eine neue Zielscheibe für ihren Spott gefunden, die die neun Monate währende Enttäuschung, dass Haien doch Kinder zeugen konnte, mehr als aufwog.

47

Jäh schoss der Falke aus der blauen Pause des Himmels. Er stieß auf das Rebhuhn nieder, schlug ihm seine Krallen ins Genick und versuchte, sich damit zu erheben. Aber der Hühnervögel war zu schwer und der Falke, nur ein Drittel des Körperumfangs seiner Beute, konnte sich nicht mit ihm aufschwingen. Iven hörte das heisere Schnarren des geschlagenen Huhns. Er stieg aus, ging durch die tanzenden Pfauenaugen und stieg über ein Brombeergestrüpp. Am Feldrand saß der Falke auf seinem Fang und schlug mit dem Schnabel auf den Kopf ein. Plötzlich erhob er sich und stand rüttelnd über dem zuckenden Vogel. Der Räuber war aufgeschreckt worden, konnte im Blutrausch nicht von seiner Beute lassen und wurde gleichzeitig in die Flucht getrieben.

Ein Mann trat aus dem gerodeten Knick auf das Feld. Er trug Gummistiefel, eine kurze Hose, ein offenes rot kariertes Hemd und eine speckige Schirmmütze seines Lieblingsvereins. Auf seinen rechten Unterarm war eine Nixe tätowiert. Er ging zu dem Rebhuhn, bückte sich und riss ihm den Kopf ab. Dann drehte er sich um, sah Iven und verharrte in der Bewegung. Auch Iven hatte ihn erkannt. Es war Carsten.

Während Ivens erstem Jahr auf dem Hof war Carsten Lehrling, bis Hauke ihn vor die Tür setzte und zu Peters abschob. Carsten hatte es sich mit ihm verscherzt, weil er zum Besten gab, dass Haien es Stina besorgte, während seine Frau vertrocknete.

Zögernd ging Carsten nun auf Iven zu.

»Ich habe schon gehört, dass du wieder da bist.«

Die Männer schüttelten sich die Hände. Carstens Nase war breiter, als er sie in Erinnerung hatte, wulstig wie die eines Boxers.

»Was hast du mit dem Rebhuhn gemacht?«

Carsten war immer brutal gewesen. Wenn er zu den Jungbullen ging, knotete er Nägel in die Peitsche.

»Vielleicht schafft der Falke es jetzt.«

Carsten blickte sich nach dem Falken um. Der Raubvogel hatte seine Lauerstellung in der Luft aufgegeben und flatterte in einem weiten Bogen über den blauen Porzellanhimmel.

»Der Appetit ist ihm vergangen. Aber das Huhn hatte nun wenigstens einen schnellen Tod.« Carsten zog sich seine Schirmmütze gegen die Sonne tiefer in die Stirn. »Er nimmt es nicht, weil es tot ist.« Iven ließ Carsten stehen und stapfte durch Giersch, Wiesenschaumkraut und wilden Mohn zu dem Rebhuhn. Es lag in einer Blutlache. Sein Herz pulsierte noch immer und pumpte kleine Schwälle Blut auf den verkarsteten Boden. Iven packte den amputierten Vogel an den Beinen und schleuderte ihn hoch in die Luft. Der Falke legte die Flügel an und fiel auf den Vogelrumpf herab. Seine Klauen schlugen in den Leib, die Flügel spreizten sich und federten den Sturz ab, in den ihn das Gewicht des Huhns riss. Der Falke stieg nicht wieder vom Feld auf und Iven ging zu Carsten zurück.

Carsten war noch immer ein schmaler, fast feingliedriger Mann. Er hatte kleine, eng stehende Augen und einen staubgelben Backenbart.

»Mittagspause?«

»Ja. Ich steh da hinten. Willst du einen Kaffee?«

Iven folgte Carsten zurück durch die Brombeeren auf den Feldweg.

»Das Rebhuhn ist der Vogel des Jahres.« Iven hatte es im Radio gehört, als er mit Wienke an der Tankstelle Cola trank.

»Soll das ein Witz sein?«

»Nee, kein Witz.«

»Kannste mal sehen.«

Hinter der Kurve stand ein Trecker mit Anhänger.

»Was machst du?« Iven deutete auf das Feld, das seit mindestens zwei Jahren nicht bestellt worden war. Zwischen Sauerampfer und Mohnblumen hatten sich Hanfpflanzen ausgesät.

»Den Teich kennst du doch? Den kipp ich zu.«

Iven erinnerte sich an den Tümpel. Als Junge hatte er dort Frösche gekascht, ihnen einen Strohhalm in den Darm geschoben und sie aufgeblasen in die Büsche gehängt. Er hatte seine Füße ins Wasser baumeln lassen und zugeschaut, wie sie furzten. Wenn man Übung genug hatte, sah man ihnen an, wann sie starben. Iven schmiss sie dann wieder in den See und sie schwammen, eine Spur aus Luftblasen hinter sich herziehend, davon.

»Gibt es keine Frösche mehr?«

»Bald nicht mehr.« Carsten griente und goss Iven aus einer schmierigen roten Thermoskanne kalten Kaffee in einen Plastikbecher. Iven trank die bittere Brühe in großen Schlucken.

»Arbeitest du immer noch für Peters?«

»Ja, für Peters.«

»Ihm gehört das Feld?«

»Alles, was Haien gehörte, gehört jetzt Peters.«

»Wieso lässt er es brachliegen?«

»Das bringt mehr. Zahlt der Staat. Und sieht doch auch schöner aus, die ganzen Blumen.« Carsten grinste blöd und goss Kaffee nach. Das Koffein trieb Ivens Herz an. »Ist es dann nicht egal, ob der Teich da ist oder nicht?«

»Schätze, es geht nach dem Quadratmeter Land. Wenn der Teich zu ist, ist das Land größer.«

»Einige machen für Geld eben alles.« Iven konnte sich diesen Seitenhieb nicht verkneifen. Aber Carsten verstand ihn falsch.

»Du konntest ihn noch nie leiden, ich weiß. Aber er ist allemal besser als der alte Haien.«

»Es ist nicht nur Peters, der sein Geld auf Kosten anderer verdient.«

Eine Pause entstand. Iven sah, dass Carsten langsam begriff.

»Du meinst mich?«

Iven kippte Carsten den Rest Kaffee vor die Füße.

»Die Sache mit Pappe?« Carsten stellte seinen Becher auf den Kotflügel.

»Wie viel hat er dir gegeben?«

Carsten kniff die Augen zusammen.

»Fünfhundert. Dafür, dass ich ihm die Geschichte mit dem Schimmel erzählt hab. Und die wussten ja sowieso schon alle.«

»Danach wussten sie ein paar mehr.«

»Ich hatte keine Ahnung, dass er solch eine große Sache daraus machen würde. Ich brauchte Geld, weil durch die ganzen Feuerwehrleute und Soldaten die Preise im Puff gestiegen waren. Haien war tot und es schadete niemandem. Und außerdem, es stimmt doch – du hast doch den Gaul auf der Jevershallig gesehen.«

»Aber du hast vergessen zu erzählen, dass ich strack war. Und was sollte der Scheiß, dass du noch rübergerudert bist?«

Carsten zuckte mit den Schultern.

»Kam mir so.«

Iven goss ihm den Kaffeerest vor die Füße, drückte ihm den Plastikbecher in die Hand und stand auf. Carsten schraubte den Deckel wieder auf die Kanne. »Hey, Mann, was soll's … Ich lad dich ein, heute Abend. Es ist so lange her.«

Iven ließ ihn stehen.

48

Der Zahnarzt war ein Freund von Jantje. Der Holländer hatte Krista Niß an die Praxis weitervermittelt. Sie wurde dort außerhalb der Sprechstunden behandelt.

Als sie nach Deutschland gekommen war, hatte sie weder eine Aufenthaltserlaubnis noch eine Krankenversicherung, dafür jedoch vier goldene Schneidezähne. Ihre ersten Zähne waren bereits verfault gewesen, als sie in ihrem achten Lebensjahr aus dem Zahnfleisch wuchsen. Sechs Jahre lang lief sie mit den graubraunen Stumpen im Gesicht herum, bis ihr Vater starb. Ihre Mutter verkaufte das Auto, denn sie besaß keinen Führerschein und einen Bruder gab es nicht. Von dem Geld erhielt Krista Goldzähne. Das Auto ihres Vaters war ein neuer BMW gewesen.

Jantje hatte sie kennengelernt, als er eine Jugendgruppe leitete, die Majdanek, Chelmno und Treblinka besuchte. Auf der Rückreise machte die Gruppe ein paar Tage Urlaub an der Ostsee. Krista bediente den Sommer über in einer Eisdiele. Jantje kam jeden Tag. Sie war katholisch bis in die Haarspitzen, er ein protestantischer Eiferer. Aber Jantje erklärte ihr, dass es keinen Unterschied mache. Im Gegenteil. Alles, was sie über polnische Frömmigkeit erzählte, interessierte ihn.

»Das Abendmahl«, sagte er zwischen zwei Bissen Kirscheis, »ist eine moderne Form von Kannibalismus.« Krista, die gerade Waffelteig anrührte, hielt entsetzt inne.

»Du brauchst nicht so zu gucken. Religion ist eine große Orgie. Denk an die wunderbare Weinvermehrung. Warum sollen die Grenzen zwischen Menschen bestehen bleiben? Warum sollen Körper nicht ineinander aufgehen?«

Am Abend, bevor sie mit ihm schlief, ging sie ein letztes Mal zur Beichte. Und weil kein Priester im Beichtstuhl saß und niemand in der Kirche war, kniete sie sich vor den Altar und betete. Sie entschuldigte sich für ihr kommendes Vergehen und Gott entband sie von allen Gelöbnissen der Firmung und Kommunion.

Krista Niß lehnte sich im Behandlungssessel zurück und kippte den Kopf nach hinten. Sie schloss die Augen und hörte die Instrumente klimpern. Der Zahnarzt stach die Spritze ins Zahnfleisch.

Es dauerte mehrere Jahre, bis Jantje sein Versprechen hielt und sie nach Deutschland holte. Er betreute eine kleine Gemeinde und hatte einen Mann gefunden, der sie heiraten wollte. Harke Niß und Jantje holten sie vom Hamburger Hauptbahnhof ab. Ihr zukünftiger Mann war nicht gerade eine Schönheit. Aber er war auch nicht hässlicher als die Männer, die sie in Polen gehabt hatte. Und es schien ihm nichts auszumachen, dass Jantje auch noch da war. Seine einzige Bedingung war, dass Krista ihre vier Goldzähne ersetzen ließ.

Damals, vierzehnjährig in Polen, als ihre maroden Schneidezähne auf vier Stümpfe vom Umfang eines Zahnstochers abgeschliffen wurden, waren ihre Tränen blutig. Die Betäubung wirkte nicht und sie schlug so wild um sich, dass die beiden Helferinnen sie nicht festhalten konnten. Der Arzt band ihre Beine am Behandlungsstuhl fest, bevor er den morschen Zahnschmelz wegfräste. Die Vorstellung, dass das alles umsonst gewesen war, ließ Krista fünf Nächte lang nicht schlafen. Dann fuhr Jantje sie zu dem befreundeten Zahnarzt. Während der ganzen Fahrt weinte sie. Aber der Prediger blieb unnachgiebig. Tatsächlich war der erneute Eingriff mild und angenehm. Die Betäubung zerstäubte ihren Kiefer und spülte durch ihren Kopf wie Schlaf. Gleich nach dem Eingriff heiratete sie Harke Niß. Das Einzige, was sie von der Trauung im Standesamt noch in Erinnerung hatte, waren orangefarbene Ernte-23-Aschenbecher auf den Tischen. Als sie Niß den Brautkuss gab, waren ihre Lippen immer noch taub.

Sie hatte ihren Mann in all den Jahren lieb gewonnen. Und er schien ihr die Fehltritte aus den ersten Jahren der Ehe nicht nachzutragen. Auch ohne Goldzähne war es anfangs schwierig für sie. Niß erzählte kaum etwas von sich und fragte sie nicht nach ihrer Geschichte. Sie lebten, wie Ehepaare leben, und bauten gemeinsam die Pension auf. Aber sie blieben einander fremd. Diese Fremdheit hatte nichts mit Jantje zu tun. Sie blieb auch, als er fort war. Doch danach war es einfacher, sich daran zu gewöhnen.

So angenehm Jantjes Freund schliff, die neuen Kronen hielten schlecht. Alle drei Jahre mussten sie erneuert werden. Die Stifte der Schneidezähne bröckelten immer mehr.

»Dies ist das letzte Mal«, sagte der Zahnarzt. »Das nächste Mal müssen wir eine Brücke machen.«

Nur mit Vollina Peters freundete sich Krista an. Mit ihr teilte sie Jantje und einen Ehemann, der wortkarg und mürrisch wie Harke Niß war. Als Vollina starb und Jantje vor Peters aus dem Ort floh, wunderte man sich, dass Vollina sich wegen eines Ehebruchs umgebracht haben sollte, der zur Routine geworden war. Krista Niß war sich eine Zeit lang sicher, dass Peters sie aufgeknüpft hatte. Aber in den Jahren nach Jantje, als sie erfuhr, wie wenig Niß ihr nachtrug und wie glücklich man in der Einsamkeit einer Beziehung sein konnte, wurde ihr Verdacht schwächer. Immerhin war Vollina damals schon bedeutend länger mit Peters verheiratet gewesen als sie mit Niß. Vielleicht hatte sie ihn sogar geliebt. Vielleicht hatte sie sich getötet, weil sie ihre Liebe zu ihm nicht leben konnte.

Die Lehne richtete ihren Körper wieder auf. Der Zahnarzt zog die aufgequollenen Tampons aus der Mundhöhle.

»Das war's. Schönes Wochenende!«

Krista Niß verließ die Praxis mit einem wunderbar betäubten Kopf.

49

Trotz der offenen Fenster staute sich die Hitze unter dem Autodach. Draußen auf dem Feld war jede Körperfeuchtigkeit gleich wieder verdunstet. Aber während der Fahrt zurück in den Ort rann Iven der Schweiß von der Stirn und sein Geruch vermischte sich mit dem Diesel des Passats.

Als er vor Niß' Gasthof parkte, sah er zu Wienkes Fenster auf. Es war verschlossen. Niß war noch immer nicht zurück. Er prüfte, ob auch Wienkes Zimmertür abgeschlossen war. Da sie nicht reagierte, als er an der Klinke rüttelte, ging er in sein Zimmer, zog sich aus und duschte. Dann legte er sich auf das Bett.

Es war vier Uhr und mit dem beginnenden Nachmittag wurde die Luft dichter, schwerer und feuchter. Iven lag nackt auf dem Rücken, stützte sich auf die Ellenbogen und betrachtete seine Brustbehaarung. Er dachte an Ann Grethe. Das nächste Mal würde er fragen, warum Elke an den Deich gefahren war. Zuerst würde er allerdings mit ihr schlafen.

Sein Verlangen wuchs in die schwüle Luft.

Um halb fünf duschte Iven ein zweites Mal und zog sich dann an.

Als er Wienkes Zimmer aufschloss, saß sie auf ihre Knie gesunken vor dem Bett. Sie hatte die Hände gefaltet und der Kopf lag auf der Bettkante. Iven sprach sie an, doch sie bewegte sich nicht. Hastig schlug er die Tür hinter sich zu und sprang zu ihr. Wienke schrak auf. Ihre Augen waren rot gerändert. Das in den Beton des Nachmittagshimmels gegossene Sonnenlicht füllte das ganze Zimmer aus.

»Wir haben die gleichen Hemden. Beide blau.« Wienke zitterte fiebrig.

»Was ist los?«

»Es ist kalt.«

Iven schätzte die Zimmertemperatur auf über dreißig Grad. Er legte Wienke ihren Mantel um.

»Du hast Fieber.«

Als Wienke sich an ihm hochzog, fühlte er durch den Stoff seiner Hose, dass ihre Hände kalt waren. Aus ihrer Faust hing ein rotes von grünem Pilz scheckiges Band.

»Wienke geht zum Friedhof.«

»Du gehst jetzt ins Bett. Und ich suche einen Arzt. Wahrscheinlich hast du dir in der Nacht am Deich eine Erkältung geholt.«

»Wienke geht zum Friedhof.«

»Später. Hast du den ganzen Tag vor dem Bett gesessen?«

»Jetzt.« Wienke ging an Iven vorbei, trat auf den Flur und ließ ihn entmachtet im Zimmer stehen.

Er holte Wienke auf der Treppe ein. Sie hielt sich am Geländer fest, um nicht das Gleichgewicht zu verlieren.

»Was willst du auf dem Friedhof?«

»Die Eltern liegen dort.«

»Wer sagt das?«

Hauke und Elke Haien wurden vier Tage nach der Katastrophe in St. Peter-Ording an Land gespült und dann in der Kieler Gerichtsmedizin obduziert. Iven hatte nie darüber nachgedacht, was daraufhin mit den Leichnamen geschehen war. Es gab keinen Grund, sie wieder zurückzubringen. Hier wollte sie keiner. Es gab keine Angehörigen und Freunde hatten die Haiens nie gehabt.

»Peters hat es gesagt.«

Auf der Straße stand die Luft gewitterschwer. Die Hitze staute sich unter einer Wolkendecke, die sich immer mehr zusammenzog. Wienke ging die Dorfstraße hinunter.

»Wie willst du sie finden? Du kannst ihre Namen nicht lesen.«

»Du kommst doch mit.«

Es war keine Boshaftigkeit gegenüber Iven. Was sie sah, nahm sie als Selbstverständlichkeit hin.

Die Wärme und das Wochenende hatten Touristen an die Küste gelockt. In der Zeit, die Iven in seinem Zimmer verbracht hatte, waren die Gehwege zugeparkt worden. Auch im Kurzen Rehm stand alles voller Autos. Von den Karosserien strahlte die Hitze ab. Eine Gruppe älterer Damen in wadenlangen Hosen und eine Mutter mit Zwillingskarre und schreienden Kindern kamen ihnen entgegen. Iven trat in eine Toreinfahrt, um die Frauen vorbeizulassen. Als er wieder auf dem Gehweg war, bog

Wienke in den Durchstich zur Kirche. Iven hastete ihr nach. Sofort brach ihm wieder der Schweiß aus. An der Ecke zum Kirchstieg hatte er sie eingeholt.

»Wann warst du bei Peters?«

»Du warst in Husum und hast eingekauft.«

Auf dem Schotterplatz vor der Kirche parkte ein VW-Bus mit Surfbrettern.

Wienke ließ die Kirche links liegen und schritt auf das schmiedeeiserne Friedhofstor zu. Für wenige Sekunden zwängte sich die Sonne zwischen die Wolken. Der Schatten der Kirche bedeckte Wienkes Körper, nur ihr Kopf ragte ins gleißende Ficht. Als sie nach der Klinke griff, fasste sie in einen leeren Raum. Sie taumelte und verlor den Halt. Bevor sie in den Zaun stürzen konnte, riss Iven sie am Mantel zurück. Sie fiel ihm in die Arme, kauerte dort einen Moment, dann drückte sie sich von ihm ab und richtete sich wieder auf.

Iven folgte Wienke durch die Reihen der Grabsteine, deren Aufschriften verwittert waren, und las ihr die Namen der Toten vor. Ohne auf ihn zu achten, gab sie die Richtung vor. Iven konnte sich das Lesen sparen. Wienkes Erschöpfung war einem anderen Fieber gewichen. Wie auf der Suche nach einem vergrabenen Köder, dessen Witterung sie aufgenommen hatte, schien sie die verstorbene Gegenwart unter den Erdwällen und Platten zu spüren. Manchmal zögerte sie, dann wieder durchmaß sie den Friedhof mit ausgreifenden Schritten. Zweimal entdeckte Iven auf den Grabsteinen, vor denen Wienke verharrte, bekannte Namen. Einmal den ihres Großvaters, Tede Volkerts, das zweite Mal den von Trina Jans.

Er unterbrach Wienke nicht in ihrer Jagd. Es war später noch Zeit, ihr die Gräber zu zeigen. Er folgte der glühenden Frau mit ein paar Schritten Abstand und war sich und seiner Erinnerung überlassen. Er wälzte die Namen der Toten in seinem Mund. Und plötzlich wusste er, was in dem Monat, in dem Elke Haien schwanger wurde, passiert war. Das Einzige, was infrage kam, die einzige Veränderung war, dass Haien die greise Trina Jans auf den Hof geholt hatte.

Die alte Hebamme des Dorfes war eng mit Elkes Vater befreundet gewesen und brachte Elke Stricken bei. Sie hatte in einer eingefallenen Kate gelebt, die nun dem ›Seestern‹ gewichen war. Damals war sie weit in den Achtzigern, krumm vor Gicht und Rheuma und starb kurz vor der großen Sturmflut. Es hatte kein Gerede darüber gegeben, dass Haien sie in sein Haus holte. Auch Iven hatte sich keine Gedanken gemacht.

Jans, deren Sohn im Watt umgekommen war, trank jeden Tag eine Flasche Rum. Sie hatte kaum noch Haare, sabberte, stank nach ranzigem Schweiß, fluchte und jeder im Dorf war froh, wenn er an ihrer Bank vor dem Rathaus unbehelligt vorbeikam.

Haien war alles andere als ein barmherziger Mensch. Trina Jans hatte er schon als Junge geärgert, um an ihrer hilflosen Wut seine Überlegenheit zu testen.

Er jagte als Halbwüchsiger im Watt Stieglitze und Strandläufer mit Steinen und fütterte damit Trina Jans' verhätschelten Kater, obwohl die Alte es ihm verboten hatte.

Einmal erwischte Haien einen Eisvogel, der ihm zu

schade war, um Trina Jans zu piesacken. Doch der Kater hatte sich an die Fütterung gewöhnt und riss Haien den Vogel aus der Faust. Dabei zerkratzte das Tier ihm den Unterarm. Haien brach ihm das Genick.

Mit dieser Geschichte verfolgte Trina Jans ihn noch, als Haien schon verheiratet war.

»Die alte Hexe Trina Jans hetzt gegen dich, Haien. Du musst ihr mal eine neue Katze kaufen«, sagte Iven, als er zusammen mit Haien die neuen Legehennen auslud. Aber statt zu antworten, bückte Haien sich, nahm einen Stein und warf ein Rotkehlchen von einem Zaunpfosten.

Abends übte Iven, auch so zu werfen. Erst zielte er auf den Kirschbaum hinter der Scheune, später auf Dosen und Holzstückchen, die auf den Wellen dümpelten, dann auf Vögel. Sein erstes Opfer erlegte er draußen im Watt. Es war der kälteste Januar seit Jahrzehnten. Selbst die Wattströme waren vereist. Der Nordwind nagte an der Haut. Iven nahm einen Eiszacken und warf nach einer fliegenden Möwe. Zu seiner Überraschung traf er sie. Dumpf plumpste der verdrehte Körper auf die glasharte Fläche des schwarzen Priels. Ihr Flügel war gebrochen. Panisch versuchte sie, dem Schmerz auf die Spur zu kommen, und kreiste und kugelte in einem verrenkten Krampf um ihre eigene Achse. Der quälend lange Kampf der Möwe bannte Iven. Der Vogel hackte nach einer unsichtbaren Kraft, bis sie ihn lähmte und er ermattete. Das Eis entzog dem klopfenden Körper den Puls.

Iven warf nie wieder nach Vögeln, während Haien auf immer kleinere Tiere Jagd machte, auf Goldammern,

Meisen, Zaunkönige. Das Ritual des Vogelwurfs war eine Demonstration der eigenen Macht, die er ohne Skrupel ausübte.

Speziell Trina Jans triezte er ohne Mitleid.

Je lauter sie über ihn keifte, desto mehr erniedrigte er sie das nächste Mal. Bei dem Boßelturnier, auf dem er Elke näherkam, machte er Trina Jans wegen ihrer Alkoholabhängigkeit zum Gespött der versammelten Gemeinde. Er demütigte sie mit Geld, das er ihr vor die Füße warf, als wäre sie eine Bettlerin. Die Einzige, die es wagte, sich gegen Haien zu stellen, war Vollina Harders. Sie zahlte ihm mit gleicher Münze zurück.

Als Haien schließlich die Macht dazu hatte, zwang er Trina Jans auch noch, ihren Hühnerverschlag abzureißen, verwehrte ihr, Elke zu besuchen, bis er die Alte selbst auf seinen Hof holte, ihr Kost und Logis gewährte und ihre Nähe duldete. Iven fiel kein Grund ein, warum Haien das getan haben sollte, und doch war er sich sicher, dass es nicht aus Reue war. Haien bereute nichts. Er war in seinen Entscheidungen so resolut wie grausam.

Als Wienke auf der Welt war, ließ Haien es zu, dass sie oft ganze Vormittage bei der Alten war. Das Kind fing spät an zu sprechen. Im vierten Lebensjahr begann es erst, die Dinge zu benennen. Davor lallte und stotterte es seine Jajas und Dadas, zeigte und murmelte in einem Kauderwelsch, das eher an das Gurren von Tauben erinnerte als an eine menschliche Sprache.

Obwohl Trina Jans schon zum Frühstück trank, wirr von ihrem toten Sohn redete und kaum jemandem zuhörte, verstand sie als Einzige Wienkes Babysprache.

Und Wienke übernahm die Eigenarten von Trina Jans. Sie redete wie die Alte mit dem toten Katerfell, das auf den Fußschemel gespannt war, sie spielte mit der Möwe Claus. Und als Trina Jans tot war, kümmerte sich Wienke um den Vogel, bis Hauke Haien auch den tötete. Das war am Tag der Sturmflut.

50

Wienke hatte alle Gräberreihen abgeschritten. Nun stand sie vor einer eingefallenen Rasenfläche. Iven trat zu ihr. Er wollte sie trösten und in die Pension bringen, damit sie sich von ihrem Fieber erholen konnte. Als er neben ihr stand, wandte sie sich ihm zu. Ihr Gesicht triumphierte. »Hier gibt es keine Namen.«

Iven blickte auf das Rasenstück, vor dem sie standen. Es war die Stelle des Friedhofs, die den anonymen Begräbnissen vorbehalten war.

Er hatte keine Ahnung, ob die Haiens tatsächlich hier begraben waren. Die Namenlosigkeit war Wienkes Vernunft zufolge aber ein Zeichen. Namenlos waren ihre Eltern über all die Jahre für sie gewesen.

Wienke starrte auf ihre Füße. Die Einsamkeit hatte sich wie eine Blase um sie geschlossen und die Welt von ihr abgenabelt. Sie war am Ziel. Doch Iven täuschte sich.

Wienke suchte nach einem Wort für etwas Unaussprechliches.

»Du siehst sie nicht richtig«, wandte sie sich an Iven.

Er stutzte.

»Was?«

»Wienkes Eltern. Sie liegen verkehrt herum.«

»Wie bitte?«

»Du schaust auf das falsche Ende. Sie liegen mit dem Kopf nach unten.«

Iven hatte Wienkes Andacht missverstanden. Ihre Augen flackerten. Zum ersten Mal, seit er sie kannte, war sie aufgewühlt.

»Warum liegen sie mit dem Kopf nach unten?«

»Sie sind nicht gestorben, wie Menschen sterben sollen.«

»Wer sagt das?«

»Peters.«

Die Stücke des Puzzles purzelten übereinander. Der Deichbruch, der nicht sein durfte, der Priel, der sich ein neues Bett gegraben hatte, Elkes überhasteter Aufbruch an den Deich und Peters, der sich das Haus der Haiens unter den Nagel gerissen hatte.

»Was hat Peters gesagt?«

»Sie haben sich umgebracht.«

»Peters sagt, deine Eltern haben Selbstmord begangen?« Das war die schäbige Geschichte von Johann Pappe, für den Peters angeblich nur Verachtung empfand.

»Hat Peters gesagt, warum deine Eltern sich das Leben genommen haben?« Iven hatte die Version, nach der die Haiens sich das Leben nahmen, nie geglaubt.

Unruhig und fahrig wechselten Wienkes Blicke vom Rasen zu Iven.

»Sie haben gesündigt. Sie liegen verkehrt herum.«

»Hat Peters das gesagt?«

»Nein.«

»Wer hat gesagt, dass sie gesündigt haben?«

»Wienke kann es nicht sagen.«

»Was heißt das, du kannst es nicht sagen?«

»Weiß nicht.«

»Was weißt du nicht?«

»Etwas fehlt.«

»Was meinst du?«

Wienke brach von einer Birke einen Zweig ab, säuberte ihn von Blättern und begann, auf dem Gehweg zu zeichnen. Die Erde war hart und die Striche waren nur schwach im Staub zu erkennen.

Wienke zeichnete einen Stammbaum. Sie zeichnete ihn entgegen der Generationenfolge und malte ihren Namen als Wurzel. Er thronte gleich einer Krone über dem Leichnam ihres Vaters.

»Wienke.« Sie tippte mit dem Birkenzweig auf ihren Namen.

Dann trug sie auf zwei Ästen Symbole für ihre Eltern ein und sprach ihre Namen dazu. Darüber markierte sie die Eltern ihrer Eltern. Hier gab es nur drei Zeichen für Elkes Eltern und Haukes Vater.

Wienke wies auf die Lücke bei der Großmutter väterlicherseits.

»Es gibt nur eine Mutter.«

Wienkes Elternlosigkeit fand ein Echo. Sie hatte in ihrem Vater einen Mann gefunden, dem sie keine Mutter zeichnen konnte.

51

Der Trecker zog eine Walze hinter sich her. Carsten hatte den Tümpel mit ein paar Fuhren Erde zugekippt. Sein Mund war staubig und zwischen seinen Zähnen knirschte Sand. Es war schweineheiß. Nur als er das Dach von Pappes Schuppen geteert hatte, war es noch heißer und die Luft noch trockener gewesen. Jedenfalls fiel ihm sonst nichts ein.

Er hatte den ganzen Tag mit freiem Oberkörper in der prallen Sonne gestanden, den Gasschlauch über der nackten Schulter, und die Teerpappe mit dem Brenner auf die Spanplatten geschmolzen. Die heiße Luft trieb vor dem Zylinderkopf in Schlieren davon. Teerplacken verklebten ihm seine Brusthaare und hatten ihm ein paar üble Verbrennungen zugefügt. Er war besoffen von Pech und Schwefel. Alle Ausdünstungen der Hölle drangen über den Mund in seinen Körper ein. Seine Nase war dick mit einem Verband verklebt.

Er war zusammen mit Detlev Wiens in Hamburg auf Zechtour gewesen. Voll wie Haubitzen waren sie in einen Nachtclub gestolpert und plötzlich stand der Slowake vor ihnen. Es stellte sich heraus, dass Carsten mit dem verdammten Zigeuner immer recht gehabt hatte. Er war eine feige Sau.

Carsten ärgerte vor allen Dingen, dass er sich nicht erinnern konnte, wie der Laden des Slowaken hieß. Sonst hätte er ihm seine Bude abgefackelt.

Auf dem Rückweg vom Feld machte Carsten bei der Tankstelle an der Umgehungsstraße halt und trank zwei Halbe.

52

Auf dem Rückweg vom Friedhof sprach Wienke nicht mehr. In der Backstube aßen sie trotz der Wärme heiße, fetttriefende Weizenkringel. Dann saß Iven so lange an Wienkes Bett, bis sie eingeschlafen war. Er wischte ihr schwitzendes Gesicht mit einem Lappen ab, kühlte ihre Waden mit kalten Wickeln, holte von Niß' Frau eine Aspirin, die er ihr in die Backentasche schob, und hielt ihre Hände, als sie sich hin- und herwarf.

Die Dunkelheit brach in das Zimmer ein. Iven sah Wienkes Bilder vor sich, die im Heim über ihrem Bett hingen. Schatten mit glühenden Augen und ausgestreckten Händen, die den Betrachter in ihr finsteres Reich zu ziehen versuchten.

Obwohl die Sonne untergegangen war, blieb es drückend. Die eingeatmete Luft war so warm wie die ausgeatmete. Durch das Fenster, das Iven geöffnet hatte, kam kaum Kühlung. Er zog die Gardinen zur Seite, um den schwachen Hauch nicht noch zusätzlich zu ersticken.

Ivens Erinnerung an Tede Haien war lebhaft. Und es tat ihm nicht leid, dass der verhasste Pauker an einer Vergiftung krepiert war. Tede Haien hatte eine Zierfischzucht. In dreißig Aquarien zappelten Tausende von

Fischen. Die Männer im Dorf waren sich sicher, dass er eine Tucke war. Wer regenbogenfarbene Fische, nicht größer als Stichlinge, dem Dorschfang vorzog, kam vom anderen Ufer.

Haien war unverheiratet. Aber Iven konnte sich nicht vorstellen, wie ein schwuler Junggeselle zu einem Sohn kommen sollte. Ob es jemals eine Frau gegeben hatte, wusste Iven nicht.

In Biologie erzählte Tede Haien einmal von seinen Zuchtversuchen. Er träufelte verschiedene Dosen Quecksilber in die Fischbecken, weil er glaubte, so die Erbsubstanz verändern zu können. Sein Ziel war, einen völlig farblosen Fisch zu züchten, den man im Wasser nicht mehr entdecken konnte. Er hatte wohl einmal zu oft an seinen Flaschen geschnüffelt.

Endlich schlug das Aspirin an, legte sich die Ruhelosigkeit in Wienkes Gesicht, ließ sie ihre Hände still auf der Matratze neben sich ruhen. Als sie schließlich ihren Reim vor sich hinmurmelte, wie an jenem ersten Morgen in Hamburg, wusste Iven, dass sie die Albträume hinter sich gebracht hatte.

Er schloss hinter sich ab. In der Schankstube kaufte Iven eine Flasche Schnaps. Niß war zurück. Er hatte noch die blutige Wathose an und roch nach Rogen. Iven lud ihn ein, mit ihm zu trinken.

»Ich muss dich noch was fragen.«

Aber Niß wollte erst den Fisch auf Eis legen.

Wieder in seinem Zimmer flezte sich Iven im Dunkeln auf das Bett und trank. Der Schnaps brannte im Rachen und verdampfte den fettigen Geschmack der Kringel, der dort noch immer klebte. Iven wog die Flasche in der Hand. Besser als das Zeug, das Trina Jans immer gesoffen hatte.

»Alte Vettel«, murmelte er und prostete ihr zu. Er hatte sich an das Feuer des Alkohols gewöhnt.

Wieso hatte Hauke die alte Hebamme auf seinen Hof geholt?

Wer war seine Mutter?

In Ivens alkoholisiertem Hirn fielen beide Fragen zu einer klaren Antwort zusammen. Haien hatte so lange keine Kinder, wie er nicht wusste, wer seine Mutter war. Dann fand er es heraus, holte sie auf den Hof und Elke wurde schwanger.

Iven wälzte sich aus dem Bett. Er hatte die Antwort auf Wienkes Frage gefunden.

Mit feuchten Fingern fuhr Iven die Raufasertapete entlang. Er fand den Schalter. Das Licht flammte auf. Mit der Blendung brannte sich ein Bild aus seinem Kopf durch die Retina nach außen. Wienke, kniend vor ihrem Bett, die den Kopf aufrichtet und ihn anstarrt. Ihr ›Ich kann es nicht sagen‹ verselbstständigte sich und wurde zu einem der Teufel auf ihren Bildern im Wohnheim. Iven ließ sich wieder auf das Bett fallen. Die Federn unter ihm ächzten. Schnaps schwappte den Flaschenhals hoch und spritzte auf das Kissen.

Sie kann es nicht sagen, dachte er, weil sie es nicht sagen darf.

Iven wälzte sich erneut aus dem Bett und goss den restlichen Schnaps in das Waschbecken. Der Alkohol gurgelte durch den Abfluss. Aus dem Gluckern schälte sich ein anderes Geräusch. Eine Stimme, die Wienkes Namen rief und von lauten Schlägen untermalt wurde. Iven sah dem ablaufenden Fusel zu und lauschte auf das Rufen, ohne die Stimme orten zu können. Selbst als die Flasche leer war und der Schnaps glucksend seinen Weg durch das eingeschraubte Abflusssieb gefunden hatte, reagierte er nicht. Dann verstummten die Schläge und ein dumpfes Dröhnen drang zu ihm. Iven raffte sich auf. Er torkelte zur Tür und über den Flur. Als er die Hand auf die Klinke von Wienkes Tür legte, erbebte das Türschloss unter dem krachenden Aufprall eines schweren Körpers. Die Tür war noch verschlossen und gab dem Ansturm von innen nicht nach.

»Wer ist da?«

»Iven?«

»Ja.«

»Sten.«

Iven erkannte die Stimme des Postboten.

»Was ist?«

»Ich komm nicht raus!«

Iven hatte den Schlüssel für Wienkes Tür in seinem Zimmer vergessen.

»Wieso bist du da drin?«

Sten antwortete nicht. Aber es war auch nicht nötig.

»Schließ auf!«

Iven stellte seine Frage neu.

»Wie bist du da reingekommen?«

Diesmal antwortete Sten.

»Durch das Fenster. Es stand offen. Das war unser Zeichen. Wienke hat gesagt, dass sie das Fenster offen lässt, wenn sie mich wieder sehen will.«

Iven lehnte den betrunkenen Kopf an die Flurwand. Er hatte das Fenster geöffnet, um Wienke einen ruhigen Schlaf und wenigstens etwas frische Luft zu verschaffen.

»Du wohnst doch in Husum.« Es war zum Haareausraufen.

»Mach endlich auf! Wienke ist nicht da!«

»Wie – sie ist nicht da?«

»Ich weiß nicht. Sie ist weg. Schließ endlich auf.«

Iven musste den Schlüssel zu Wienkes Zimmer erst suchen. Er hatte ihn immer in den Aschenbecher auf dem Nachttisch gelegt, aber nun war er nicht da. Er schaute unter dem Bett nach und auf dem Fensterbrett, schließlich entdeckte er ihn in seiner Hosentasche.

Als Sten endlich vor ihm stand, sah Iven, dass er ein Jackett und eine grün karierte Hose trug. Die Postuniform stand ihm besser.

»Wo ist sie?« Sten war aufgeregt. Er rieb sich seine Schulter, mit der er versucht hatte, die Tür aufzubrechen.

Stens erneute Anwesenheit in Wienkes Zimmer löste in Ivens Kopf einen Knoten. Die Sünde, die sie mit Sten auf sich laden wollte, war die Folge dessen, was sie in der Kirche erlebt hatte. Sie war wieder dort, wo ihr solche Flausen in den Kopf gesetzt wurden, über die sie dann nicht reden durfte.

»In der Kirche.«

Sten sah Iven ungläubig an. Iven war sich sicher.
»Komm mit, Sten. Du musst fahren.«
Sten stolperte hinter Iven die Treppe hinunter.

53

Niß hatte sein Quantum Rum bereits intus, als er seinen kleinen Kutter an einer Tonne festmachte und in das flache Wasser sprang. Die Boje wiegte sich in den Hüften wie eine Frau. Niß war in einem Zustand, in dem Bewegung zur Gestalt wird.

In den einsamen Stunden auf See brauchte man ab und zu einen Schluck, wenn das Klatschen des Wassers an der Bordwand das einzige Geräusch war, nachdem das grelle Gegeifer der Möwen achtern lag. Der Wind schob ihn gemächlich nach Süden. Außer Sichtweite der letzten Hallig, wenn er die Netze geleert und neu gesetzt hatte, spießte er einen Wurm auf, warf die Schnur aus und wartete. Die Anzahl der Fische, die er angelte, war im Vergleich zu der in den Reusen unbedeutend. Aber es war wenigstens etwas zu tun, bis die Flut kam und er zurücktuckern konnte.

Wieder an Land war er heute im ›Dicken Fritz‹ gewesen, weil er sich noch zu nüchtern fühlte, um nach Hause zu gehen, und es draußen zu feucht und warm war, um nüchtern zu sein. Schließlich war er voll genug für den Heimweg.

Als er Iven und Sten die Treppe herunterpoltern hörte, stand er mit hochgekrempelten Hemdsärmeln in einer Pfütze aus Blut und Öl und legte Heringe ein. Zwischen zwei betrunkenen Augenblicken erinnerte er sich, dass Iven Johns vorhin etwas wollte. Ohne von seinen Fischen aufzusehen, brüllte er Ivens Namen. Er wiederholte ihn so lange mit wachsender Lautstärke, bis Iven mit Sten im Schlepp endlich eintrat.

Das Fischmesser in der einen, in der anderen Hand einen abgeschnittenen Kopf, sah Niß auf und fing an zu kichern.

»Was ist so komisch?« Iven war nicht zum Scherzen aufgelegt. Er musste aufpassen, nicht das Gleichgewicht zu verlieren. Sten hielt ihn fest.

»Nichts, nichts«, kicherte Niß.

»Er lacht über uns«, bemerkte Sten. Niß stopfte Heringsstücke in ein Marmeladenglas und goss heißen Essig darüber.

»Hat der Schnaps geschmeckt, Johns? Hausmarke!«

»Was willst du, Niß? Wir haben es eilig.« Iven stützte sich auf die Arbeitsplatte. Sten ließ ihn los.

»Ich will gar nichts, Johns. Scheiße. Du willst was.«

»Was will ich denn?« Ivens Reizbarkeit braute sich zu einem Groll zusammen.

»Du bist ja breit, Niß. Komm Iven. Wir müssen los.« Sten wollte Iven aus der Küche zerren.

»Warte. Ich weiß wieder.« Iven suchte Niß' Blick. Seine Augen waren gebrochen wie die der toten Heringe.

»Weißt du, warum ich hier bin?«

»Die Kleine. Ich habe es gehört.«

»Damals in der Nacht der Sturmflut warst du mit auf dem Deich.«

Niß legte das Messer beiseite und wischte sich die Hände an einem Lappen ab. Er griff nach einer Rumflasche, nahm einen Schluck, rieb die Fettspuren fort und reichte sie Iven. Der winkte ab. Sten wollte trinken, aber Iven nahm ihm die Flasche weg.

»Ich war auf dem Deich. Und?«

»Ich habe mit Peters gesprochen. Er sagt, du hast das Kommando gehabt, nachdem er das Dorf räumen sollte.«

»Peters ist ins Dorf. Ich hatte das Kommando.«

»Was ist dann passiert?«

»Haien ist gekommen.« Niß trank wieder.

»Und?« Iven passte sich dem Schwanken des Fußbodens an. Niß nahm sein Messer und fuhr fort, Fische zu filetieren.

»Haien kam zu mir und gab mir einen kleinen Schalter und ein Funkgerät. Er wollte den neuen Deich sprengen, wenn der alte Deich dem Druck des Wassers nicht mehr standhalten konnte.«

»Aber du hast ihn nicht gesprengt.«

»Ich habe ihn nicht gesprengt. Scheiße.«

»Wieso nicht?«

Niß stieß sein Stilett in die Tischplatte.

»Scheiße. Warum willst du das wissen?«

»Weil ich nicht glaube, dass die Haiens sich selbst umgebracht haben.«

Niß runzelte die Stirn und fuhr sich mit dem Handrücken über den Mund.

»Hauke Haien hat die Sprengung vorbereitet, dann ist er mit dem anderen Walkie-Talkie auf den alten Deich gegangen, um zu sehen, ob er hält. Er war natürlich nicht gerade scharf darauf, sein Lebenswerk in die Luft zu jagen, wenn es sich vermeiden ließ.«

»Ja und?«

»Ich weiß nicht. Ich bin umgefallen.«

»Was?«

»Ich bin bewusstlos geworden. Als ich wieder aufwachte, war ich im Krankenhaus. Methanolvergiftung.«

»Du meinst Alkoholvergiftung«, mischte sich Sten ein.

»Scheiße, Postbüdel, halt's Maul. Ich meine Methanolvergiftung.«

»Wie das?«

»Ich hatte meinen Flachmann dabei. Da war Lösungsmittel drin. Weißt du, was witzig ist, Johns? Ich musste danach eine Woche lang Weinbrand trinken, damit ich nicht blind werde. Scheiße.«

»Und?«

»Es hat geholfen. Auf dem einen Auge habe ich noch vierzig Prozent.«

»Wieso trinkst du Methanol?«

Niß blickte Iven beschränkt an.

»Weil ich es nicht gewusst hab, natürlich.«

»Du meinst, einer hat es dir in den Flachmann getan?«

»Nicht einer. Eine.«

»Wer?«

»Wer denn wohl? Sie natürlich.« Niß nickte in Richtung seiner Wohnung.

»Deine Frau?«

»Scheiße«, sagte Sten.

»Meine Worte, Junge.« Niß nahm noch einen Schluck.

»Warum hat sie das gemacht?«

»Bist du zu besoffen, um zwei und zwei zusammenzuzählen? Ich soll den Deich sprengen. Mir tun sie Gift in den Schnaps. Der Deich wird nicht gesprengt.«

»Du meinst, die Haiens sind gestorben, weil der Deich nicht gesprengt wurde?«

»Hauke stand genau dort, wo der alte Deich brechen musste. Er hatte sich darauf verlassen, dass ich den neuen wegpuste. Die anderen mussten gar nichts tun. Nur zugucken, wie er absäuft.«

»Und Elke?«

»Keine Ahnung.«

»Wer sind denn eigentlich die anderen?« Sten war skeptisch.

»Alle«, Niß machte eine weite Handbewegung.

»Hast du mit ihnen gesprochen?« In Ivens Kopf begann es langsam aufzuklaren.

»Die Schweine haben mich einfach liegen lassen. Ich war dicht dran zu krepieren. Was soll ich die fragen? Ob sie was gegen mich haben?«

»Dann haben sie ihre Häuser und Höfe geopfert. Das glaube ich nicht.« Sten griff jetzt doch nach der Flasche.

»Aber wieso deine Frau?« Iven wusste immer noch nicht, wie Niß an eine Frau gekommen war.

»Ich habe sie nicht gefragt.«

»Du hast sie nicht gefragt?«

»Ich hätte mich sofort scheiden lassen.« Sten war empört.

»Immerhin ist sie meine Frau und ich liebe sie.«

»Aber sie hat dich blind gemacht und beinah umgebracht.«

»Dafür liebt sie mich auch.«

»Wieso sollte jemand Haien umbringen?« Sten, der bereits Ivens Geschichte über Wienke nicht recht geglaubt hatte, war noch nicht überzeugt.

»Die Frage ist, wieso sie ihn erst damals umgebracht haben. Er hat ihnen nur Ärger gemacht. Sie haben ihn gehasst.« Niß sprach das Mordmotiv ohne Gemütsregung aus.

»Du nicht?«, wollte Sten wissen.

»Er hat mal auf dem Hof gearbeitet. Allerdings bevor er Haien gehörte«, klärte Iven Sten auf.

»Ich habe meinen Hass für Peters aufgehoben«, ergänzte Niß. »Seitdem er den Holländer verjagt hat, traut er sich überhaupt nicht mehr her.«

»Wieso nicht?«

»Wegen meiner Frau.« Niß hatte nie eine Freundin gehabt und war auch nie mit nach Husum gekommen.

Er stockte, sprach dann aber doch weiter.

»Dieser Jantje hat sie angeschleppt. Sie ist Polin. Kommt aus Ostpreußen. Güttland heißt das Kaff. Sie meint, es sieht dort aus wie hier. Jantje hat jemanden gesucht, der sie heiratet, damit sie hier bleiben kann.«

»Warum hat er sie nicht selbst geheiratet?«, wollte Sten wissen.

»Das ist sein Bier.«

»Wo ist deine Frau jetzt?«

Niß begann wieder zu kichern.

»Was kicherst du denn schon wieder so blöd?«, fuhr ihn Sten an.

»Kommt ein Mann stockbesoffen vom Angeln und bricht auf dem Heimweg vor der Kirche zusammen. Der Pastor findet ihn und fragt: ›Mein Sohn, willst du die letzte Ölung?‹ Sagt der Mann: ›Um Gottes willen Vater, jetzt nichts Fettiges!‹« Niß brüllte die Pointe, um nicht am Geglluckse über seinen eigenen Witz zu ersticken. Auch Sten lachte. Iven fuhr beiden über das Maul.

»Was soll der Quatsch?«

Schlagartig hörte Niß auf zu lachen.

»Sie ist beim Gottesdienst. Sie ist immer beim Gottesdienst. Scheiße.«

54

Die Kirche verschloss sich hinter finsteren Fenstern. Der Kirchplatz war leer bis auf den VW-Bus der Surfer. Sten war sehr fahrig. Auf dem Weg hierher hatte er versucht, sich die Menschen, die er seit je kannte, als Mörder vorzustellen.

»Was wollen die von Wienke? Die hat ihnen doch nichts getan.«

»Ich weiß nicht. Aber sie ist weg, oder?«

Es war eine schwüle Nacht, wolkenverhangen und sternenlos. Nur über dem Meer malte sich ein Strich Mondduft in die Dunkelheit.

Der Alkohol mischte sich mit der lauen Luft in Ivens Kopf zu einem Druck, der die Hirnhälften auseinander presste.

»Ja, sie ist weg.« Sten hielt Iven am Arm zurück.

»Wenn sie mit jemandem schlafen wollte, warum dann ausgerechnet mit mir?«

Iven musterte ihn ungläubig. Sten war verliebt.

»Zufall.«

Der Postbote igelte sich ein.

»Hier ist niemand.« Obwohl es kein Licht abzuschirmen gab, formte Iven seine Hände zu einem Trichter, legte sie an die Scheibe und blickte durch das schwarze Glas in die Kirche. Auch in der Sakristei war kein Licht.

Neben Sten klirrte es. Iven hatte mit einem Stein eine Scheibe eingeschlagen. Die Nacht schluckte das Splittern. Nur unter Ivens Sohlen knirschten die Scherben.

»Sie muss da sein. Bück dich.«

Sten ging in die Hocke und Iven kletterte auf seinen Rücken. Das Loch war mit einem Kranz messerscharfer Zacken eingefasst. Iven zog sich den Ärmel über die Hand und schlug die Glasspitzen aus, dann hievte er sich auf den Fensterrahmen und sprang von dort in das Kirchenschiff. Der Boden des Innenraums lag etwa einen Meter unter dem Erdboden des Kirchenvorplatzes. Durch die ungeahnte Tiefe verlor Iven das Gefühl für den Sprung und landete mit bereits ausgestreckten Beinen. Er spürte den Aufprall knochenhart im Knöchel und zugleich sah er am anderen Ende der Kirche ein Licht, das im gleichen Augenblick wieder verlosch. Iven stützte sich an einer Kirchenbank ab.

»Alles klar?«, erkundigte sich Sten von draußen.

»Pst«, zischte Iven böse. Ohne Zweifel war jeder in der Kirche durch die zerschlagene Scheibe gewarnt worden, aber er selbst versuchte, die Geräusche der Stille zu durchdringen, und lauschte durch das Pochen seines Blutes in den stummen Raum. Die Luft in dem Gemäuer war um etliche Grade kühler als die Nacht vor der Kirche.

Der Schmerz im Knöchel zog bis in den Rücken hoch. Er vertrieb die letzten Reste Trunkenheit aus Ivens Kopf. Behutsam tastete er sich die Bankreihe entlang. Als er den Mittelgang erreicht hatte, knackte am Altar eine Holzbohle. Iven konnte nicht erkennen, ob dort jemand war. Der blinde Blick reichte noch nicht einmal bis zu seinen ausgestreckten Händen. Die Dunkelheit war ein zäher Widerstand. Er zögerte, den Mittelgang zu überqueren.

Iven legte sich flach auf den Boden und zog sich auf den Ellenbogen über den Rupfenteppich. Dann kroch er auch die anderen Bankreihen längs und lag nun dort, wo er das Licht gesehen hatte. Obwohl er die Luft anhielt, konnte er nichts hören. Seine neue Hose knarzte, als er aufstand. Er biss sich auf die Zähne und schob sich Stückchen für Stückchen Richtung Altar durch das Nichts.

Der Sturz kam unerwartet. Iven fiel wie ein Stein eine Treppe hinunter, schlug mit der Hüfte auf eine Stufe und prallte mit dem Kopf gegen eine dumpf dröhnende Holzwand. Ihm wurde schwummerig. Er blieb liegen und hörte, wie sich am anderen Ende der Kirche eine Tür öffnete und wieder schloss. Für einen kurzen Moment zog ein grauer Span Nachtlicht durch die Finsternis des Kirchenraumes.

Iven robbte die Treppe wieder hinauf. Er zählte sieben Stufen, die er hinabgestürzt war. Über der Wunde, die er sich an der Bettkante geschlagen hatte, spürte er den pulsierenden Schlag einer neuen Quetschung.

Dann hörte er Schritte. Jemand bemühte sich, keine Geräusche zu machen, was ihm schlecht gelang. Das Klacken von Ledersohlen folgte der Krümmung der Wand und kam nun auf ihn zu. Iven versuchte zu schätzen, wie weit der Gegner noch von ihm entfernt war. Als er ein leises Schnaufen vor sich hörte, sprang er auf und griff dahin, wo er die Gurgel vermutete. Der Mittelfinger seiner ausgestreckten Hand fasste in ein Auge. Ein Mann stöhnte auf. Iven korrigierte seinen Griff, bekam aber den Hals nicht zu fassen, da der andere vor Schmerz zurückgetaumelt war. Iven setzte ihm nach, packte einen Jackenkragen und riss daran. Sein Gegenüber streckte beide Arme nach hinten und streifte die Jacke ab. Iven verlor das Gleichgewicht und stürzte abermals, die Jacke in der Hand. Die Schritte entfernten sich wieder. Iven hatte seine Chance vertan. Jetzt wusste der andere, wo er war. Er rappelte sich wieder auf und rannte dem Flüchtenden hinterher.

Plötzlich war nichts mehr zu hören. Dann ging das Licht an. Geblendet blieb Iven stehen, wo er war. Ungeschützt und ohne Deckung.

»Iven!« Es war Stens Stimme, die ihn vom Eingang der Kirche rief. Als Ivens Augen sich an das Licht gewöhnt hatten, sah er, dass Sten keine Jacke mehr trug und eine Hand auf sein Auge presste. Er stand zehn Meter von ihm entfernt neben dem Ausgang und hatte die andere Hand auf dem Lichtschalter.

»Scheiße. Warum hast du nichts gesagt?«

»Ich sollte doch nicht.« Sten nahm die Hand von seinem Auge. Es war geschwollen.

»Tut mir leid.«

»Geht schon. Die Tür war offen.«

»Ich hab ein Licht gesehen.« Iven zeigte auf die Treppe, die er hinuntergestürzt war. Sie führte zu einer schweren Eichentür, hinter der die Krypta lag.

Sten drückte die Klinke herunter. Die Tür öffnete sich geräuschlos.

»Gut geölt.«

Sie fanden auch in der Krypta einen Lichtschalter und durchsuchten den Raum, der geheizt zu sein schien. Er roch nach Parfüm. Sie fanden nichts. Sten brach sogar einen alten Holzschrank auf, der jedoch nur Gesangbücher enthielt. Von Wienke keine Spur.

»Du musst dich getäuscht haben. Hier ist niemand.« Iven sagte nichts. Der Alkohol, die unsanfte Landung – vielleicht hatte er Sterne gesehen.

»Oder wer immer hier war, ist weg.« Iven zeigte auf die schmale Eisentür, die die Krypta wie ein Notausgang mit der Außenwelt verband. Sie war abgeschlossen.

»Wenn die auch so gut geölt ist wie die andere, kann man ungehört rein und raus.«

»Was jetzt?« Sten betastete sein Auge.

»Zu Peters.« Plötzlich war Iven alles klar.

»Wieso Peters?«

»Du hast es doch schon gesagt.«

»Was? Ich?«

»Ja, du hast gefragt, was die von Wienke wollen.«

»Ja und?«

»Nichts natürlich. Denen kann Wienke ganz egal sein. Aber Peters nicht.«

»Wieso Peters nicht?«

»Weil der in Wienkes Haus wohnt. Weil der Wienkes Land besitzt – und er ist der Einzige, mit dem Wienke gesprochen hat, ohne dass ich dabei war.«

»Und mit mir«, sagte Sten.

55

Nach der Kälte im Kirchenschiff war die Luft draußen noch stickiger. Damit Sten Auto fahren konnte, musste Iven ständig sein tränendes Auge trocken tupfen.

Auf halbem Weg zur Warft bog Sten auf den Seitenstreifen und stellte den Motor ab. Die Scheinwerfer blendeten ein paar auf den Knien schlafende Schafe.

»Ich glaub es einfach nicht.«

»Was glaubst du nicht?«

»Dass Peters Wienke entführt.«

»Aber er ist der Einzige, der durch Wienke etwas zu verlieren hat. Nur dachte er die ganze Zeit, dass Wienke nicht mehr am Leben ist.« Iven wischte Sten mit dem Taschentuch die Wange ab.

»Und jetzt lebt sie …«

»Hoffentlich.«

»Scheiße.« Sten ließ das Auto wieder an und bugsierte es mit quietschenden Reifen zurück auf die Fahrbahn.

»Peters' Frau …« Sten schaltete das Fernlicht an.

»Was ist mit der?«

Sten trat das Gaspedal durch.

»Die ist auch tot.«

»Sie hat Selbstmord begangen.«

»Ja, wie die Haiens.«

Iven heftete seine Augen auf das gelbe Strahlenbündel des Scheinwerfers, das die Nacht verschlang.

Ann Grethe hatte Iven von Peters' Frau erzählt und angedeutet, dass die genauen Todesumstände unbekannt waren. Er hatte es überhört. Ann Grethes Gegenwart hatte alle Aufmerksamkeit auf das, was sie sagte, überdeckt.

»Was weißt du denn über Peters' Frau?«, fragte Iven.

»Was alle wissen. Sie hat es mit dem Prediger getrieben. Der Letzte, der von ihrem Techtelmechtel erfuhr, war Peters. Dann ist sie gestorben.«

»Sie hat es mit dem Pastor gemacht?«

»Mit dem von den ›Fünfzig Gerechten‹. Jantje.«

»Ist der Prediger deshalb verschwunden?«

»Verschwunden ist gut. Geflohen ist wohl richtiger. Mit zwei gebrochenen Armen ist er aus dem Dorf gelaufen. Peters hat ihn aus dem Fenster geschmissen und verfolgte ihn mit der Schrotflinte. Der Holländer schaffte es gerade bis nach Hause. Ann Grethe fuhr ihn nach Husum. Aber Peters hat ihr noch das Heck des Autos zerschossen.«

Das hatte Ann Grethe nicht erzählt.

Sten machte das Licht aus. Sie fuhren von der Straße auf den Feldweg, der zur Warft führte. Die letzten hundert Meter legten sie im Dunkeln zurück.

56

Sten parkte das Auto am Fuß der Auffahrt. Die beiden Männer schlossen die Türen leise und gingen den Weg zum Haus hinauf. Der Kies knirschte unter ihren Schritten. Iven bückte sich und hob einen Stein auf.

»Wozu?«, fragte Sten.

»Für den Hund.«

Sie standen vor der Haustür.

»Klingeln?« Sten sah Iven fragend an.

Iven dachte an die Schlägerei mit Peters und die Geschichte mit dem Schrotgewehr.

»Nein, wir gehen so rein.«

Sten trat einen Schritt zurück. Ein metallischer Gegenstand schepperte laut die zwei steinernen Stufen herunter. Es war der Kuhfuß, mit dem Peters vergeblich versucht hatte, den Tresor zu knacken.

»Damit machen wir die Tür auf.« Iven zwängte das Brecheisen zwischen Türschloss und Türrahmen. Das alte Holz knirschte. Er spürte die Blessuren seines Körpers, als er seine Kräfte sammelte.

Die Fassung ächzte. Sten packte mit an. Der Kuhfuß nagte sich in den Spalt und trieb ihn immer weiter auseinander. Dann platzte der Lack von der Tür und das Schloss sprang mit einem unterdrückten Krachen aus der Fassung.

In seinem Zwinger schlug der Hund an.

Iven stürzte in den Flur und verlor den Kuhfuß. Das Eisen schlug dumpf auf die Dielen. Sten kam hinter ihm ins Haus.

»Wo ist das Schlafzimmer?«

Peters hatte das Wohnzimmer fast unverändert gelassen. Vielleicht lag auch das Schlafzimmer noch immer dahinter.

»Durch den Pesel.«

Sten lief los. Iven humpelte hinterher. Als er ins Wohnzimmer trat, war Sten bereits an der Tür zum Schlafzimmer, die Peters im selben Augenblick aufriss. Sten versetzte ihm eine Kopfnuss. Peters taumelte und Sten rammte ihm seine Faust in die Magengrube. Dann stürzte sich der Postbote auf ihn, warf ihn zu Boden und schlug ihm mit der flachen Hand abwechselnd links und rechts ins Gesicht.

»Wo ist Wienke?«

Peters versuchte, den Kopf aus den Schlägen zu drehen. Iven humpelte zu den Kämpfenden. Sten kniete auf Peters' Unterarmen. Er lag wie ein gekreuzigter Schatten auf dem Fußboden.

»Er soll endlich reden!«

»Wie denn?« Iven griff Sten in die Arme. Peters gurgelte wie ein abgestochenes Schwein.

»Gib ihm mehr Luft!« Sten hob seinen Hintern ein wenig von Peters' Brustkorb. Allmählich gewann der seinen Atem zurück und fluchte gleich los. Er überschüttete die beiden Männer mit Schimpfworten, sodass Sten sich wieder mit dem ganzen Gewicht auf Peters' Lunge setzte.

»Ihr geht mir mit dieser Göre so was von auf die Eier«, krächzte Peters schließlich.

»Wo ist sie?«, wiederholte Sten.

»Lasst mich zum Teufel noch mal endlich mit diesem Weib in Ruhe. Ich hab keine Ahnung, wo sie steckt. Ich bin nicht ihr Kindermädchen.«

Iven mischte sich ein.

»Sie muss bei dir sein.«

»Wieso muss sie bei mir sein?«

»Du bist der Einzige, der durch sie etwas zu verlieren hat.«

»Und was soll das sein, bitte?«

»Dein Land.«

»Mein Land, schön wär's.«

»Was meinst du?«

»Was denkst du, was ich meine? Es gehört mir nicht.«

»Du hast selbst gesagt, dass es dir gehört.«

»Das würde dir so passen.«

»Du hast gesagt, dass du es gekauft hast«, berichtigte sich Iven. Jetzt, wo Peters wehrlos war, versuchte er, sich rauszureden.

»Aber es gehört mir nicht.«

»Wem sollte es denn sonst gehören?«

»Der Bank. Ich bin nur Pächter.«

»Wieso der Bank? Wieso bist du Pächter? Du bist so reich, dass dir das Geld aus den Ohren rauskommt.«

Sten richtete sich auf.

»Peters ist nicht reich. Nicht mehr. Er steckt bis zum Hals in Schulden. Die Schafzucht hat ihn ruiniert.«

»Woher weißt du das?«

»Briefgeheimnis.« Sten war kleinlaut. »Ich hab halt manchmal ein Auge auf die Briefe, die ich so austrage.«

»Und da stand, dass Peters pleite ist?«

»Er hat sich offenbaren müssen. Verschuldet bis an sein Lebensende.«

Iven schaute auf den Mann am Boden, auf sein verwittertes, faltiges und enttäuschtes Gesicht, auf die traurigen Reste der Haare und den verkniffenen Zug um den Mund.

Peters setzte seinen Haken genau auf Stens Kinn. Der Postbote kippte zur Seite und blieb regungslos liegen. Peters stand auf.

»Schuldigung«, sagte Iven.

»Ich konnte sowieso nicht schlafen. Wollt ihr was trinken?«

»Ja.« Der Kaffeegeschmack in Ivens Mund war zurückgekehrt. Sten kam langsam wieder zu sich.

Peters schlurfte in die Küche. Iven folgte ihm.

»Was ist jetzt mit dieser Wienke oder wer immer das ist?«

57

»›Als aber Tamar ihrem Bruder Amnon Essen und Kuchen reichte, griff er nach ihr und sagte zu ihr: ›Komm, leg dich ins Bett, Schwester!‹ Sie antwortete ihm: ›Nein, mein Bruder, entehre mich nicht! Begehe keine solche Schandtat!‹ Doch Amnon wollte nicht auf sie hören, packte sie und zwang sie, mit ihm zu schlafen.‹

Und das Urteil des Herrn wird vollstreckt durch Abschalom, der Amnon erschlägt! Wer Inzest begeht, sündigt an Gott und sein Leben ist verwirkt. Verwirkt aber ist auch das Leben, das aus der Sünde entsteht. Denn geschrieben steht: ›Verflucht, wer sich mit seiner Schwester hinlegt, mit der Tochter seines Vaters oder mit der Tochter seiner Mutter. Und das ganze Volk soll rufen: Amen.‹«

Ein vielstimmiges Amen antwortete. Der Priester beugte sich zu Wienke, die mit gefalteten Händen vor ihm kniete, und gab ihr aus einem goldenen Kelch zu trinken.

Wienke blickte durch den Mann hindurch. Sie konnte sich von den Bildern nicht befreien, die sie am Anfang der Messe gesehen hatte. Schwarze Hände hatten aus der Dunkelheit nach ihr gegriffen. Es gab brennende Augen ohne Gesichter und Körper, nur Hände und abermals Hände.

Das Feuer flackerte dicht vor ihrem Gesicht. Man hatte sie in den Rauch gehalten, bis ihre Lungen zu zerbersten drohten. Sie hatte nicht geschrien und nicht geweint. Sie wusste, dass es vorübergehen würde. Es war in ihren Albträumen vorübergegangen und es war auch am Abend zuvor vorübergegangen, als sie das Redeverbot auferlegt bekommen hatte. Sie hatte sich daran gehalten und musste nichts befürchten.

Während sich der Qualm in ihren Augen festkrallte und ihren Hals mit einem schwellenden Pfropfen verstopfte, war das Glück wiedergekommen. Vergangenheit, Gegenwart und Zukunft fielen zu einer Zeitform zusammen. Ein reiner Raum, der nicht außerhalb von ihr lag, sondern der Zustand eines unendlich erweiterten Körpers war. Sie konnte mit geschlossenen Augen sehen. Sie sah die Klauen der Dunkelheit, die an ihr zerrten, hörte das Fauchen der Flammen, in die sie gehalten wurde. In diesem betäubten Schweben drangen Worte zu ihr, deren Bedeutung sie nicht begriff. Sie beantwortete Fragen, die sie nicht erfasste. Sie sprach mit einer Stimme, die ohne sie redete. Sie tat nichts mehr selbst, sie ließ nur noch geschehen, wurde gesprochen, wurde geträumt und geatmet.

Zwei Helfer warfen noch mehr getrocknetes Kraut auf einen Rost. Dann wurde Wienke von schwarzen Händen ergriffen und über ein Wasserbecken gehalten. Dreimal wurde ihr Gesicht in sein Spiegelbild getaucht.

Ihr Vater verhandelte in Hamburg über die letzten Teilgenehmigungen für den Deichbau. Elke war mit Stina nach Husum gefahren und hatte ihre Tochter bei Trina Jans gelassen.

Jantje hielt sie über den Zuber.

»›Ich taufe dich mit Wasser zur Buße. Denn es ist schon die Axt den Bäumen an die Wurzel gelegt. Es gebührt uns, alle Gerechtigkeit zu erfüllen.‹«

58

»Ein krimineller Postbote und ein Tankwart, der sich für einen Polizisten hält.« Peters schlürfte den Teerest aus und schenkte nach. Sten hielt sich seinen Kiefer. Sein Auge war fast zugeschwollen. Er war nach dem Faustschlag verstummt, während Iven erzählte, was sie von Niß erfahren hatten. Peters traute Niß nicht viel zu, aber er schien seinem Bericht zu glauben.

Sten fragte durch zusammengebissene Zähne nach der Uhrzeit.

»Kurz nach drei.«

»Ich muss zum Dienst.« Für Sten war die Aktion zu Ende. Auch Iven hatte hier nichts mehr verloren.

»Ich komm mit.«

Peters stemmte sich schwerfällig aus seinem Stuhl, ging zum Herd und stellte das Gas aus, auf dem der Teekessel köchelte.

»Was ist mit dem Mädchen? Wo ist es? Was wollt ihr machen?«

»Ich habe keine Ahnung.«

Peters belegte Wienke nicht mehr mit Schimpfworten.

»Du glaubst jetzt, dass sie Haiens Tochter ist?«, fragte Iven.

Peters zuckte mit den Schultern.

»Sie wusste, wo der Tresor ist.«

Iven konnte ein Grinsen nicht unterdrücken.

»Das wusste ich auch.«

Peters kniff die Augen zusammen.

»Weißt du auch, wie er aufgeht?«

Iven sah sich in der Sturmnacht auf den Tresor feuern.

»Nein. Nur Haien wusste die Kombination. Ich glaub, nicht einmal seine Frau kannte die Zahlen.«

Sten stand schon in der Tür. Er drehte sich um und stierte an Iven vorbei, als er ohne Betonung Wienkes Reim wiederholte.

»Was?« Peters nahm den Kessel vom Ofen. Sten hatte sich nicht gerührt. Peters blickte Iven an. Der starrte auf den Postboten.

»Was hat er gesagt?«

»Einen Abzählreim von Wienke.«

»Vierzehn, zwei und drei mal sieben, vier, fünf, acht, drei, neun und zehn«, wiederholte Sten.

»Wo ist der Tresor?«

»Ihr glaubt, das Mädchen weiß die Zahlen?«

»Vielleicht hat Sten recht.«

Die drei Männer gingen zum Tresor. Das Bild lag noch verkehrt herum auf dem Tisch.

»Wie war das?«

»Vierzehn, zwei und drei mal sieben, vier, fünf, acht, drei, neun und zehn.«

»Komische Zahlen für ein Gedicht.« Peters stellte die Zahlen ein. Er ruckte an der Tür. Sie ließ sich nicht öffnen.

»Niete.«

»Drei mal sieben – das ist einundzwanzig. Nicht sieben, sieben, sieben.«

Peters drehte wieder am Rad. Seufzend öffnete sich die Tür. Eine kleine Lampe erleuchtete ein schmales, aber tiefes Fach. Darin lagen eine Schatulle, eine Ledermappe und eine Pistole. Dieselbe, die der Slowake Iven mitgeben wollte. Peters nahm das Kästchen heraus. Er blickte Sten und Iven an.

»Gehört das jetzt seiner Tochter?«

»Mach auf. Dann sehen wir weiter«, gab Iven zurück. Peters ließ das Schloss aufschnappen. Aus dem samtbeschlagenen Kasten glomm ihnen im schwachen Licht des Tresors eine Bernsteinkette entgegen. Peters hob sie hoch. Die Steine verjüngten sich zu den Seiten hin. Ihre Farben changierten von dunklem Rot an den Rändern zu hellem, fast reinem Gelb in der Mitte. Im honigfarbenen Fettglanz des größten fossilen Harzes war ein Insekt eingegossen. Es war eine Mücke, die von der Flut des Baumblutes überrascht und eingeschlossen worden war.

»Wienkes«, sagte Sten. Die beiden anderen nickten.

»Mehr ist nicht drin.« Peters hatte den Samt abgetastet. Er legte die Kette zurück und stellte den Kasten auf den Tisch. Dann nahm er die Ledermappe. Er klappte sie auf. In der linken Hälfte waren in einem gewachsten Umschlag Skizzen von Deichentwürfen. Iven nahm sie und blätterte darin, während Peters die anderen Unterlagen durchsah.

»Hier – versteh ich nicht.« Er hielt Iven ein paar zusammengetackerte Seiten hin, die ein Amtssiegel trugen. Iven las. Bereits nach dem ersten Absatz ließ er die Zettel sinken.

»Hauke Haien ist nicht der Sohn seines Vaters.«

Sten fing an zu lachen.

»Halt's Maul.« Peters war unduldsam.

Iven setzte sich. Der Wollbezug des Stuhlkissens schmiegte sich warm an seinen wehen Rücken.

»Ich meine, der alte Tede Haien ist nicht der Vater von Hauke Haien. Er hat ihn nur adoptiert.«

Sten hörte auf zu glucksen.

»Da ist noch was …« Peters schob Iven ein anderes Blatt hin. Es war eine Schenkungsurkunde, in der Tede Volkerts, der Vater von Elke, Tede Haien eine Parzelle Land übertrug.

»Wieso hat er das getan? Der Alte war knauserig. Und außerdem war er gegen die Ehe mit Hauke. Wieso schenkt er Haukes Vater – ich meine seinem Adoptivvater – Land?«

Eine Pause entstand. Peters sah Iven über die Schulter. Von seinem kalten Atem im Nacken bekam Iven eine Gänsehaut. Peters wies auf das Datum der Urkunde.

»Er hat ihm das Land geschenkt, da war Hauke noch gar nicht geboren.«

»Doch …« Iven ließ die Zettel sinken. »Im Jahr von Haukes Geburt. Zwei Monate vor der Adoption.«

»Was bedeutet das?« Nun nahm Sten die Seiten.

»Das bedeutet, Volkerts hat Tede Haien für die Adoption bezahlt. Haien war ein armer Pauker mit vielen Fischen und ohne Frau. Wieso sollte er sich ein Kind anschaffen?« Iven nahm Sten die Blätter aus der Hand.

»Aber warum mit dem Geld von Volkerts? Wieso gibt er dem Haien Land, das seiner Familie gehört?« Peters erkannte das Offensichtliche nicht.

»Weil Hauke zur Familie gehört.« Iven tippte auf den Adoptionsschein.

»Das ist die einzige Lösung.«

»Was meinst du?« Sten kam nicht mehr mit.

»Hauke Haien hat denselben Vater wie Elke.«

Die Männer starrten auf die Zettel.

»Er hat seine Schwester geheiratet? Das glaub ich nicht.« Stens Stimme war taub.

»Warum nicht? Es passt doch ...« Obwohl Peters es zu glauben begann, schüttelte er den Kopf.

»Was passt?«, fragte Sten gereizt.

»Wienke. Sie ist durch Inzest gezeugt worden.«

Iven hörte in Peters auf einmal den alten Feind.

»Und?«

»Sie ist schwachsinnig.« Peters' Worte standen länger im Raum, als man sie hörte. Niemand atmete sie ein. Sten verließ das Zimmer. Die beiden Männer blickten ihm nach.

»Er ist in sie verliebt.«

Peters nickte.

»Hart für ihn. Blutschande.«

Iven lehnte sich in dem grob geschnitzten Holzstuhl zurück. Die Mattigkeit der frühen Morgenstunde legte sich schwer auf ihn. Es war die Stunde, in der er zu Iris ins Bett kroch.

»Wieso hat er seine Halbschwester geheiratet?« Peters ging im Zimmer auf und ab.

»Vielleicht hat er sie geliebt.«

»Oder er hat nichts davon gewusst.« Peters blieb vor dem offenen Tresor stehen und ging dann weiter.

»Hauke hat Volkerts' Haus und Hof am Tag der Beerdigung überschrieben bekommen. Er kannte den Inhalt des Tresors, bevor er Elke heiratete.«

»Ob Elke es auch gewusst hat?« Peters atmete schwer aus. »Habt ihr auf dem Hof davon nichts mitbekommen?«

»Ich nicht.« Iven hob die Schultern und ließ sie wieder sinken. Sie gingen in die Küche zurück.

59

Sten hatte plötzlich Lust zu rauchen. Er setzte sich auf die Stufen vor dem Haus und beobachtete den schmierigen Streifen Frühlicht. Zigaretten hatte er nicht, er war Nichtraucher. Er brach sich einen Zweig aus dem Forsythienbusch neben ihm, streifte die Blüten ab und steckte ihn zwischen die Zähne. Er zog die Luft durch das weiße Fleisch des Zierstrauchs. Als Kind hatte Trina Jans für ihn und Wienke öfter Kastanienpfeifen gebastelt. Einmal hatte er Streichhölzer geklaut und die ausgehöhlte Kastanie tatsächlich angebrannt. Der Qualm schmeckte nach Rinde. Er schluckte ihn. Als Wienke es auch probieren wollte, kam Trina Jans dazu und nahm ihnen die Pfeife weg. Dann brachte sie ihnen den Abzählreim bei. Er konnte sich die Zahlenfolge nicht merken und hatte schnell keine Lust mehr. Wienke, die alles sofort behielt, blieb vor Trina Jans hocken. Später kam sie zu ihm hinter die Scheune. Er hatte sich gerade aus Laub ein Bett gebaut. Wienke wollte, dass er mitkam, und führte ihn in das Wohnzimmer. Vor dem Bild mit dem Schimmel blieb sie stehen und schob einen Stuhl davor.

»Immer noch zu hoch«, flüsterte sie.

»Wieso zu hoch?«, fragte Sten.

»Du musst das Bild abnehmen.«

»Wieso flüsterst du?« Sten war schon auf das Polsterleder geklettert.

»Weil Trina Jans das gesagt hat.«

Er reichte mit den Fingerspitzen an das Bild und versuchte, es hochzuheben. Dabei verlor er das Gleichgewicht. Er wollte sich an dem Bild festhalten, aber es riss von der Wand und Sten fiel vom Stuhl. Hinter dem Bild kam der Tresor zum Vorschein. Als Wienke den gestürzten Stuhl wieder aufrichtete, war ihr Vater plötzlich im Zimmer. Er blieb einen abwartenden Moment stehen, dann führte er Wienke und Sten an der Hand aus dem Pesel.

»Der ist nicht zum Aufmachen«, sagte er, als sie draußen waren. Am nächsten Tag hing das Bild wieder vor dem Tresor.

Sten drückte seinen Forsythienstock an der Hauswand aus und blies den letzten Rauch in die feuchte Luft.

Hätte Hauke Haien ihn gefragt, warum sie versucht hatten, den Tresor zu öffnen, er hätte es nicht gewusst. Die ganze Szene war wie die Kindheit selbst. Sie hatte keinen Sinn und war doch vielsagend. Aber jetzt, nachdem Iven, Peters und er den Tresor geöffnet hatten, verstand er die Bedeutung dieses albernen Einbruchs. Trina Jans wollte die Dokumente. Trina wusste von dem Vertrag und sie kannte die Zahlenkombination des Tresors. Immerhin war sie eine enge Bekannte von Elkes Vater gewesen, dem alten Tede Volkerts.

Das Blau im Osten hielt sich. Es wurde Tag.

Sten ging wieder ins Haus.

60

Iven und Peters waren noch immer in der Küche.

»Trina Jans«, murmelte Peters, als Sten eintrat.

»Was ist mit Trina Jans?«, fragte Sten. Peters blickte sich zu ihm um und nickte ihm aufmunternd zu.

»Vielleicht wusste die von Hauke und Elke.«

»Warum Trina Jans?« Iven konnte die Spannung in seiner Stimme nicht unterdrücken. Wusste Peters, dass Trina die Mutter von Hauke war?

»Sie war Hebamme. Dann konnten es noch deine Mutter und Ann Grethe gewusst haben.«

»Stina ist in Afrika«, sagte Sten.

»Aber Ann Grethe können wir fragen. Sie arbeitet ja wieder hier. Wann kommt sie denn?« Iven bemühte sich um Ruhe.

Peters blickte von seinem Teekessel auf.

»Montag.«

»Wo wohnt sie?«

»Bei Pappe. Er hat den Seitentrakt des Schulhauses ausgebaut und untervermietet.«

Iven dachte an die Gardinen in den Fenstern.

»Hat er viele Zimmer?« Vielleicht sollte er sich tatsächlich wieder hier im Ort niederlassen, wieder unter einem Dach mit Ann Grethe wohnen.

Peters stellte eine neue dampfende Kanne Tee auf den Tisch. Er suchte Ivens Blick. Seine Augen waren unter den zusammengekniffenen Lidern kaum noch zu sehen. »Schon einige. Aber nicht jeder kriegt eins.«

»Wer kriegt keins?«

»Wer nicht Mitglied in der Gemeinde ist.«

»Welcher Gemeinde?« Als Iven die Frage stellte, wusste er die Antwort schon. Er würde ihr diese Frömmelei mit den ›Fünfzig Gerechten‹ schon austreiben. Oder er würde es so handhaben wie Haien, sie unter der Bedingung gewähren lassen, dass sie ihn mit dem Geseiere verschonte.

Peters machte seiner schwärmerischen Anwandlung ein Ende.

»Seiner Gemeinde.«

Iven brauchte eine Zeit, bis seine eigenen Überlegungen Anschluss fanden.

»Pappes Gemeinde?«

»Ja.«

Sten hatte sich gesetzt. Iven suchte seine Unterstützung. »Wusstest du das?« Pappe war der Kopf der ›Fünfzig Gerechten‹.

»Ich lebe in Husum. Ich habe keine Ahnung, was hier passiert.«

»Es sei denn, es steht in Briefen.« Peters klopfte Sten auf die Schulter.

»Jantje hat seine Schäfchen ohne Hirten zurückgelassen. Für Pappe ein gefundenes Fressen.«

»Wie meinst du das?«

»Du fängst doch immer mit seinem Buch an. Von Deichen hat er keine Ahnung, aber von Teufelskram und übersinnlichem Quatsch. Der ganze Hokuspokus mit Schimmel, Satan und Slowake, der Gespensterschnickschnack. Ich weiß nicht, ob er das alles selbst glaubt, aber er hat eine Schwäche für Spukgedöns. Und nun kann er seine Spinnereien ausleben, wie es ihm passt.«

Iven hatte plötzlich wieder Wienkes Frage nach Sünde und Sintflut im Ohr.

»Das habe ich dir doch auch schon erzählt«, meldete sich nun Sten.

»Was hast du mir erzählt?«

»Dass Ann Grethe den Holländer weggefahren hat, als Peters ihn mit Blei spicken wollte.«

»Ja und?«

»Na, der wohnte auch bei Pappe.«

Sten brachte Iven auf die Palme.

»Das hast du nicht erzählt.«

»Nee?«

»Nee.«

»Aber gemeint habe ich es.«

Iven ging nicht auf Sten ein. Der Postbote musste ja nichts von seinen Gefühlen für Ann Grethe wissen.

»Wo treffen sich die ›Fünfzig Gerechten‹?«

Peters schüttelte den Kopf.

»Ich weiß nicht, wo sie ihre Messen abhalten. Ich bin der Letzte, mit dem sie über so etwas reden. Sie hassen mich.«

»Wegen des Holländers?«

»Ich hätte ihn erschlagen sollen. Das wäre fünfzigmal gerechter gewesen. Meine Frau war nicht die Einzige, die er sich genommen hatte.«

In Iven stürzte die Zukunft in den Abgrund der Vergangenheit. Die Bilder seines neuen Lebens wurden durch die Erinnerung an Jantje zunichtegemacht, der vermeintlich beliebig über Ann Grethe verfügt hatte. Und jetzt hatte Pappe die Stellung des Holländers inne. Die Szenen der Begegnung mit ihm spulten vorbei. Lauter Widersprüche tauchten auf.

Als Pappe sich von Iven verabschiedet hatte, wollte er Wienke mit Peters zusammen bei der Kirche gesehen haben. Aber er kannte Wienke nicht und wusste demnach auch nicht, wie sie aussah. Pappe hatte Iven auch erzählt, dass Peters das Land billig gekauft hatte, und so den ehemaligen Feind verdächtig gemacht. Und außerdem hatte Pappe angeblich keine Ahnung, wann der Gottesdienst in der Kirche stattfand, und dabei war er der Kopf der ›Fünfzig Gerechten‹.

Iven wies den Tee, den Peters ihm einschenken wollte, zurück.

»Hast du Wienke gestern zurück ins Dorf gefahren?«

»Ja. Gegen fünf.«

»Und dann?«

»Dann bin ich zurück.«

»Du warst nicht mehr mit ihr in der Kirche?«

»Ich war seit meiner Hochzeit nicht mehr in einer Kirche.« Iven stand auf.

»Wir müssen zu Pappe. Der steckt hinter allem.«

Sten starrte in seinen leeren Teepott.

»Ich muss zum Dienst. Ich bin spät dran.«

»Du hast heute frei.«

61

Wienkes Wimpern schienen fest auf ihr Gesicht geleimt. Sie konnte ihre Augen nicht öffnen. Als Wienke sie schließlich aufzwang, sah sie nichts. Sie schlief mit geöffneten Lidern wieder ein.

Sie wurde von Pappe geweckt. Er brachte heißen Kakao. Die Dunkelheit lag wie ein Deckel über allem.

»Wie geht es?«

»Wienke hat nicht geschlafen.« Wienke setzte sich auf und nahm den Becher. Sie trug einen schweren goldenen Ring am Finger, der gegen den Ton des Bechers schlug. Pappe gab sich väterlich.

»Du hast vor der Kirche gelegen, nur mit einem Hemd bekleidet. Geschlafen oder nicht, du bist nicht wach geworden, als ich dich hierher gebracht habe.«

Eine warme Wolke aus Schokolade schüttete ihre Güte in Wienke aus.

»Wo ist Iven?«, fragte sie nach einer Weile.

Pappe schüttelte den Kopf.

»Ich war in Niß' Pension. Er ist nicht da.« Nach einer Pause griff er den Faden wieder auf.

»Woher kennst du Iven Johns eigentlich?«

»Er hat Wienke in das Heim gebracht.«

»Hat er dir erzählt, was in jener Nacht passiert ist?«

»Ja und Ole Peters auch.«

Pappe wiegte seinen Kopf geringschätzend.

»Ich habe ein Buch über jene Sturmflut geschrieben. Das habe ich dir bei unserer ersten Begegnung erzählt.

Aber in dem Buch steht nicht die ganze Wahrheit. Deine Eltern haben vielleicht keinen Selbstmord begangen. Deine Mutter ist damals an den Deich gefahren, um deinen Vater zurückzuholen. Sie hat ein kaputtes Auto genommen. Es konnte draußen am Deich nicht mehr anspringen. Iven war für die Wartung der Autos zuständig. Er hat sie in den Tod fahren lassen.«

»Iven glaubt auch nicht, dass sie sich selbst getötet haben.«

»Natürlich nicht. Ich habe ihn damals besucht und nach jener Nacht gefragt. Er hat mir die Geschichte so erzählt, wie ich sie aufgeschrieben habe. Aber ich wusste, dass er etwas verschweigt. Erst nachdem das Buch erschienen war und ich hierher gezogen bin, habe ich die Wahrheit erfahren.«

Wienke hielt den leeren Becher in der Hand und betrachtete den Mäander des trocknenden Kakaos.

»Du weißt nicht, ob du mir glauben sollst.«

Wienke blickte zu ihm auf.

»Nachdem deine Eltern tot waren, brachte Iven dich weg und sperrte dich in ein Heim. Er hat dich um dein Erbe gebracht, denn er war der Einzige, der wusste, dass es dich noch gab. Er war für dich der Einzige Weg, deine Eltern zu finden. Früher oder später würdest du nach ihnen fragen. Er hat alles so eingefädelt, dass du ihm vertrauen musstest. Du hattest ja keine andere Wahl. Mit diesem Vertrauen wird Iven sich bereichern. Du bist das Kind von Hauke Haien und hast Anspruch auf sein Land und auf sein Haus. Iven wird sich um alles kümmern und für dich die Dinge regeln, bis ihm alles gehört. Denn du willst kein Land, Haus und Besitz. Du willst deine Geschichte.«

»Wienke will ihre Eltern.«

Pappe beugte sich zu Wienke hinab.

»Du hast den Falschen um Hilfe gebeten. Iven Johns wird dich nie zu ihnen führen, denn er steht zwischen euch. Er trägt die Schuld an ihrem Tod. Aber ich bringe dich zu ihnen.«

»Zum Friedhof?«

»Sie sind im Meer. Wenn sich das Meer zurückzieht, kann man sie finden.«

Wienke stellte den Becher ab und erhob sich von ihrer Pritsche.

»Die Wasserfrau, der Wassermann«, sagte sie, »und das Wasserkind.«

Sie verließ das Zimmer vor Pappe.

62

Sten raste zum Dorf. Hinter dem Ort züngelte die erste hellblaue Flamme des Morgenhimmels. Stens rasantes Tempo wühlte Iven noch weiter auf. Es arbeitete in ihm. Sein Hirn käute wieder. Hauke Haien hatte mit allen Regeln gebrochen und sämtliche Verbote mit Füßen getreten. Kein Gesetz der Welt, kein göttliches Gebot und schon gar nicht das abergläubische Gerede einer irrwitzigen Dorfgemeinde konnten sich zwischen ihn und seine Frau stellen.

Pappe hielt auf dem Schotterparkplatz bei der Wehle. Der Mond stand schwindsüchtig am Himmel, während die Sonne sich langsam über das Land fraß. Das Wasser war weit weg. Amseln flöteten. Ein Knutt zerhackte einen Wattwurm. Zwischen dem hohen Queller huschte eine Wasserratte davon.

»Weißt du, wer Gott ist?« Pappe bückte sich und riss einen Salzmeldenhalm ab. Wienkes Blick war auf die Kimmung am Ende des grauen lachendurchzogenen Sandes geheftet.

»Gott ist da, wo nichts ist.«

Pappe zeigte mit seinem Halm auf die Unendlichkeit des trüben Westens.

»Deine Eltern sind bei Gott. Der Priel hat sie rausgezogen. Wenn du seinem Lauf folgst, wird er dich zu ihnen führen. Aber beeil dich. Bei auflaufendem Wasser schneidet er dir sonst den Rückweg ab. Du hast vier Stunden Zeit.«

»Ist das viel?«

»Das ist genug.« Er gab ihr seine Uhr.

»Bis um neun.«

»Wie Ivens Feierabend.«

Sie ging in die Dämmerung davon.

63

Sowohl der Seitentrakt wie das Haupthaus waren dunkel. Iven stand unter Spannung. Er fand keinen Grund, der erklärte, was Pappe von Wienke wollte.

»Ann Grethe schläft noch. Sie genießt das Wochenende.« Er musterte die Fenster und überlegte, wo sie wohnte.

Sten war schon vorgegangen und wandte sich zu Iven um.

»Wo sollen wir Wienke suchen?«

»Keine Ahnung.«

»Sollen wir klingeln?«

»Nein. Auf keinen Fall. Wir müssen so rein.«

»Wie denn?«

Sie gingen um das Haus herum in den Garten. Iven entdeckte ein offenes Fenster.

»Du bist doch gut im Fensterklettern.«

Das Fenster führte in einen kleinen Abstellraum, in dem früher die Abschlussarbeiten gesammelt wurden. Sten holte eine Leiter, die unter einem knorrigen Apfelbaum lag. Als er hochsteigen wollte, hielt Iven ihn zurück.

»Vielleicht machen wir gerade einen Fehler.«

»Wieso?«

»Was will er von Wienke?«

»Weiß der Henker. Vielleicht will er eine Fortsetzung zu seinem Buch schreiben.«

Sten machte sich los, kletterte hoch und verschwand in dem schwarzen Loch. Iven stieg hinterher.

Der Raum war eine Abstellkammer geblieben. Staubsauger und Besen hingen an Vorrichtungen, zwei Kästen Bier, Putzzeug und leere Koffer stapelten sich an der Wand.

»Also los.« Sten öffnete die Tür. Er trat auf den Flur. Schon beim ersten Schritt knarrten die Dielen. Beide stockten und lauschten in das Dunkel, das im Flur tiefer war als in der Besenkammer, wo das Fenster das erste Tageslicht einfallen ließ. Kein Geräusch war zu hören. Sten drückte die Klinke zum nächstliegenden Zimmer herunter. Auch hier schickte der Tag ein paar Fäden Licht hinein. Es war Pappes Schlafzimmer.

»Er ist nicht da.« Sten stand vor dem Bett, das unberührt und mit einer Tagesdecke überzogen war.

Sie schlichen weiter, horchten bei jedem Geräusch, lauschten auf Bewegungen. Doch Iven spürte, dass es umsonst war. Das Haus war leer.

Im nächsten Zimmer stand ein massiger Schreibtisch, auf dem ein Gedicht über einen Wal lag. Im dritten Zimmer waren nur zwei Schränke und Hemden hingen an Bügeln von einer Wäscheleine.

»So braucht er nicht zu bügeln. Muss ich mir merken.« Sten war angetan.

»Wo zum Teufel ist Wienke?«

Vom Kleiderzimmer führte eine Zwischentür in einen fensterlosen Nebenraum. Iven machte Licht.

Sie standen vor einem Klappbett, auf dem eine grobe Decke wie eine riesige Qualle lag. Auf dem Boden stand ein leerer Becher. Daneben lag das rote Halsband der Möwe Claus.

»Dieses Schwein«, entfuhr es Iven.

»Wieso?«

»Das ist Wienkes Band.«

Sten rannte zurück durch den Kleiderraum auf den Flur. Er brüllte Wienkes Namen. Iven folgte Sten, den er die Treppe ins Erdgeschoss hinabrennen hörte. Er ging am Fenster zum Garten vorbei. Die Tür der Gartenlaube stand einen Spalt offen und Licht fiel auf den Rasen. Als Iven genauer hinschaute, war die Tür zu.

»Sten!«

Sten lief die Treppe wieder hoch. Sie trafen sich auf halbem Weg.

»Er ist draußen in der Laube.«

»Wir gehen vorne raus.«

Die beiden Männer eilten durch den Flur. Die Haustür war verschlossen.

»Durch das Fenster!« Iven keuchte.

»Weiß er, dass wir hier sind?«

»Glaub ich nicht.«

Sie liefen zurück ins Wohnzimmer. Sten öffnete das Fenster, sie kletterten auf den Schulhof und rannten um das Haus herum.

Kein Mensch war zu sehen. Die Laube war ein fensterloser roter Backsteinbau mit einem abgeschrägten Wellblechdach. Ihr entströmte der süßliche Geruch, der Iven schon bei seinem ersten Besuch aufgefallen war. Auch Sten roch ihn.

»Bist du sicher, dass das nicht sein Scheißhaus ist?«

Vor der Tür lehnte der Grillrost. Iven legte ein Ohr an das Holz. Schwach drang ein Schaben durch die Tür. Er legte beide Hände auf die Klinke. Sten bückte sich nach dem Gitter.

»Wenn er Theater macht, zieh ich ihm eins über.«

Iven riss die Tür auf. Er wollte den Überraschungsmoment ausnutzen und Pappe schnell überwältigen, aber nun war er der Überraschte. Der Raum vor ihnen schien in einem goldenen Licht, als würden viele Kerzen brennen. Die beiden Männer kniffen die Augen zusammen. Der Schuppen glich einer Kapelle. Vier Bankreihen standen vor einem zweistufigen Altar. Dort leuchtete eine große goldene Kugel, aus der das warme Licht floss. Vor dem Licht der Kugel sah man den Schattenriss eines Menschen. Iven erkannte Ann Grethe erst, als sie auf ihn zukam und aus ihrem Schatten trat.

»Iven.« Ann Grethe trug ein weites Hemd mit Kapuze und eine Jogginghose. Sie hatte Turnschuhe an und einen Besen in der Hand.

»Heilige Scheiße«, flüsterte es hinter Iven.

»Wo ist Pappe?«, fragte Iven.

»Und wo ist Wienke?«, polterte Sten hinterher.

Ann Grethe legte Iven ihre Hand auf die Brust, als wollte sie ihn beruhigen. Gleichzeitig hielt sie ihn mit dieser Geste auf Abstand.

»Du musst uns helfen, Ann Grethe. Pappe hat ein Mädchen bei sich, das vielleicht in Gefahr ist.«

»Nein, keine Sorge.«

»Was – keine Sorge?« Sten war aufgebracht.

»Hast du sie gesehen?«, fragte Iven und bemühte sich, seiner Stimme Herr zu sein.

»Wienke Haien. Die Tochter. Sie ist gerettet.«

Iven sah, dass ihre Augen glasig waren.

»Was heißt gerettet?«

»Sie hat mit uns die Messe gefeiert. Gott hat ihr vergeben.«

»Ist sie hier?«, versuchte Sten zu folgern.

»Sie ist gerettet«, wiederholte Ann Grethe.

Iven starrte sie an.

»Wovon redest du?«

»Du weißt es, Iven. Du hast doch ihre Eltern gerettet.«

»Wen habe ich gerettet? Wienke?«

»Nicht Wienke, ihre Eltern. Du hast doch das Auto der Blutschänderin vorbereitet.«

Sie wusste es. Ann Grethe wusste um die Inzestbeziehung zwischen Elke und Hauke Haien.

»Was meinst du mit vorbereitet? Ich habe ihr Starthilfe gegeben. Ich habe sie gewarnt, dass es gefährlich ist.«

»Das habe ich auch getan.« Ann Grethe strich Iven über die Hand.

Iven sah sich wieder im tosenden Sturm das Fenster vernageln. Unter ihm lief Ann Grethe auf Elke Haien zu, aufgeregt mit den Händen fuchtelnd. Das durch den Regen geschundene Licht war gesplissen wie Haare. Der Wind zerriss die Wolken zu Fetzen und trieb sie zu einem großen Grau zusammen.

»Du hast sie rausgeschickt in jener Nacht. Als ich oben war, hast du mit ihr gesprochen. Danach ist sie zum Deich gefahren. Was hast du ihr gesagt?«

Ann Grethe blickte ihn nicht an.

»Die Wahrheit. Dass ihr Mann sein Leben verlieren wird.«

Iven knirschte mit den Zähnen.

»Sie wollte ihn retten.«

»Die Rettung war für beide.«

»Rettung – verdammt noch mal! Hör auf mit Rettung!« Sten ging in die Luft. Iven dagegen machte die Wahrheit fast traurig.

»Schau nicht so bedrückt, Iven. Sie lebten in Sünde. Du hast ein gutes Werk getan.«

»Du hast sie umgebracht, nicht ich.« Ivens Stimme war heiser.

»Aber wir hätten sie ohne deine Hilfe nicht erlösen können.«

»Das hat mit Erlösung nichts zu tun. Es war ein Kriechstrom.«

»Jetzt fängt die auch mit Sünde an«, mischte sich Sten ein. Ann Grethe wandte sich ihm zu.

»›Die Scham der Tochter deines Vaters darfst du nicht entblößen. Nimmt einer seine Schwester und sieht ihre Scham und sie sieht die seine, so ist das eine Schandtat. Sie sollen vor den Augen der Söhne ihres Volkes ausgemerzt werden.‹«

Sten ließ seinen Rost sinken.

»Du tickst doch nicht ganz sauber!«

»›Wenn du unrein geworden bist, dann wird der Herr dich zu einem Beispiel von Fluch und Schwur in deinem Volk machen. Das fluchbringende Wasser wird in deine Eingeweide eindringen, sodass dein Bauch anschwillt und deine Hüften einfallen. Darauf soll die Frau antworten Amen, Amen.‹«

»Wovon redet die?«, wandte sich Sten an Iven.

»Sie glaubt, es geschah in Gottes Namen.«

»Wie kommst du denn da drauf?« Sten schnaubte durch die angeschwollene Nase.

»Trina Jans«, gab Ann Grethe gleichmütig zurück.

»Trina Jans? Was ist mit der?« Iven war perplex.

»Sie hat beide auf die Welt geholt. Sie hat beide wieder zurückgeschickt.«

»Sie war schon tot, als der Deich brach.«

»Es gab die Gemeinde.«

Von Trina Jans also hatte diese blindwütige Vereinigung Wind von Haukes und Elkes Geheimnis bekommen.

Jans war nicht Haiens Mutter. Die Antwort, die der Schnaps Iven am frühen Abend eingeflüstert hatte, war falsch. Dass Hauke die alte Hebamme beherbergte, hatte einen ganz einfachen Grund. Sie kam nicht auf den Hof, damit Elke Haien schwanger werden konnte, sondern weil sie schwanger war.

»Was ist mit Wienke? Die hat euch doch nichts getan«, fuhr Sten dazwischen und drohte mit dem Metallgitter.

»›Aus Sünde wächst Sünde. Amnon, der seine Schwester beschläft, stammt aus der Blutschande, die Lots Töchter an ihrem Vater begehen. So ist der Vater der Tochter zu Willen und macht sie zu seiner Frau.‹« Ann Grethe war entrückt.

»Wer ist Lot?«, wollte Sten wissen.

»Iven, als du gestern Abend in der Kirche warst, hätte ich dich gern zu ihrer Erlösung mitgenommen. Aber Krista misstraute dir.«

»Krista Niß?«

»Verdammt. Von der haben die Wienkes Zimmerschlüssel«. Stens Empörung gegenüber Niß' Frau war noch nicht verflogen.

»Was hattet ihr in der Kirche zu suchen?«

»Erinnerst du dich an Elke Haiens Ring? Mit dem haben wir sie geweiht.«

»Ihr habt die Leichen gefleddert?«

»Er war das Symbol ihrer Sünde.« Ann Grethe legte ihre Hand auf Ivens Schulter.

»›Der Priester aber schreibt die Flüche auf und legt die Schrift sodann in bitteres Wasser.‹«

»Ihr seid wahnsinnig!«

»Gerecht«, entgegnete Ann Grethe.

»Was faselst du von bitterem Wasser?« Sten kochte.

»›Dann gibt er der Frau das bittere, fluchbringende Wasser zu trinken, damit es in sie eindringt und ihr bittere Schmerzen bereitem‹«, antwortete Ann Grethe.

»Habt ihr sie abgefüllt?« Sten war nahe daran, seine Beherrschung zu verlieren.

»Sie wollen sie ertränken.« Die Worte drehten eine Schleife in Ivens Hirn. Sten starrte ihn entsetzt an.

»Verflucht – die Tide kommt!«

Aber Iven konnte noch nicht fort. Sein Mund war plötzlich so trocken wie in dem Moment, als Ann Grethe ihn küsste.

»Als du bei mir warst, war Wienke bei euch. Du hast nur mit mir geschlafen, damit ich sie nicht suche.«

»Die Liebe ist ein Gehorsam. Gott hat mir deinen Namen gesagt. Da wusste ich, dass ich dir den Weg zu ihm weisen muss.«

Iven schauderte. Ann Grethe strich ihm über die Wange.

»Wir sind nicht frei zu entscheiden, wen wir lieben. Liebe ist ein Dienst.«

Bei diesen Worten schleuderte Sten den Rost in die Glaskugel.

»Du widerst mich an.« Iven zog Sten mit sich hinaus. Sie liefen zum Passat. Iven gab Gas.

Sten hielt sich am Griff über der Tür fest.

»Fühlt sich scheiße an, wenn eine Frau dich nur ausnutzt, was?«

64

Iven trat das Gaspedal durch. Der Passat raste über das Kopfsteinpflaster. Im Kofferraum schlug der Verbandskasten gegen das Warndreieck.

»Wie willst du sie finden?« Sten war weiß im Gesicht.

»Das Watt ist zu groß.«

»Sie ist an der alten Bruchstelle.«

»Das Watt ist trotzdem groß.«

»Der Hund ... Perle ... er findet sie.«

Ein Fisch lag im Watt. Weißer Schaum war auf seinem gedunsenen Leib getrocknet. Die Kiemen klappten in großen Intervallen, Sand hatte sich in seine Augen gewaschen, das Maul gähnte in einem stummen Röcheln. Wienke kniete neben dem verendenden Tier nieder und sah ihm beim Ersticken zu.

Iven fuhr die Einfahrt zu Peters' Hof hinauf. Er hupte. Sie klingelten Sturm. Das Haus schwieg. Weder Peters noch der Hund waren zu sehen. Der Pick-up stand in der Garage.

»Du bleibst hier und suchst ihn. Er kann nicht weit sein. Ich fahre raus …«

Sten lief hinter das Haus und brüllte Peters' Namen.

Iven jagte den Passat die Warft hinunter.

Als die erste Welle den Fisch ein paar Schritte weiter dem Land zuspülte, schrak Wienke auf. Durch die Gewichtsverlagerung ihres Körpers schmatzte der Matsch unter ihr. Ihre Füße waren mit Wasser bedeckt. Das Glucksen des Meeresbodens, der die kommende Flut inhalierte, und das Gurgeln des Priels zu ihrer Linken waren die einzigen Geräusche in der salzschwangeren Stille. Wienke wandte den Kopf nach Westen, wo das Wasser unendlich war. Sie ging weiter ins Meer.

Ein Bussardpärchen balzte am Himmel. Die Tachonadel zitterte. Iven fuhr, so schnell er konnte.

Über dem Feld, auf dem der Falke gestern das Rebhuhn gekröpft hatte, stoben Krähen auf.

Hinter dem Feldweg stand halb im Graben ein Polizeiauto. Iven musste scharf bremsen. Der Beamte überquerte die Straße gemächlich. Das Gummi der Reifen zog eine Spur auf den Asphalt. Der Polizist schloss seinen Hosenstall, gab die Straße jedoch nicht frei. Er kam auf Ivens Auto zu. Es war ein junger Mann, blonde Haare, mit Gel zurückfrisiert. Seine Uniform kniff an den Armen und am Hintern. Die Hose war zu kurz. Iven kurbelte die Scheibe herunter.

»Bisschen schnell.«

Iven kannte diese Sorte Menschen. Bauern in Uniform.

»Ihren Führerschein.«

Was immer Iven jetzt sagte, es würde nichts nützen. Deshalb war er ehrlich.

»Hab ich nicht. Ist eingezogen.«

Der Polizist steckte sich einen Streifen Kaugummi in den Mund. Er ging um das Auto herum und schaute sich das Nummernschild an. Iven legte den ersten Gang ein. Das runde Gesicht des Beamten tauchte wiederkäuend am Fenster auf.

»Weshalb?«

»Weshalb was?«

»Ist dein Lappen eingezogen?«

»Alkohol.« Iven war bereit, es drauf ankommen zu lassen. Er würde einfach losfahren. Der Polizist schob sich seine Mütze in den Nacken. Über ihm schrie das Bussardweibchen. Es klang wie eine kopulierende Katze.

»Alkohol ist kein Verbrechen.« Grußlos bewegte sich der Polizist von der Straße, setzte sich in sein Auto, legte die Füße hoch, stellte den Polizeifunk an und zog eine Zeitung hervor.

Das Meer schob seine Zunge landeinwärts und saugte am klitschigen Schlick. Braune Bläschen trieben wie Schuppen auf den Wellen, formten sich zu schrumpligen Krötengesichtern, wimmelten um Wienkes Beine. Auf einmal erwachte der Tod. Von überallher starrte er nach Wienke, die knöcheltief im Wasser stand, die Arme dem Meer zugestreckt, die offenen Hände gen Himmel gewandt. Unter ihren Sohlen lief das Land gegen die Flut ab. Der Boden schmolz wie ein Gletscher. Und mit ihm wurde das einsame Mädchen langsam hinausgezogen.

Sie schaute auf die Uhr. Sie hatte noch über zwei Stunden Zeit.

Iven rannte den Strand entlang. Er scheuchte zwei, drei staksige Strandläufer auf. Der Walkadaver war weg und der blutige Sand abgetragen. Keine Spur mehr von dem Gemetzel. Aber auch keine Spur von Wienke.

Eine angespülte Algenbank zeigte die Stelle an, wo die Strömung des Priels auf den Deich traf. Man hörte so wenig, wie man sah. Iven ließ den Priel links liegen und ging ins Watt hinaus.

Das Wasser löste sich aus dem Meer und mischte sich unter die Luft. Ein nebliges Aufwärts grauen Regens nieselte in den Himmel. Die Sicht wurde immer schlechter. Wienke kniete sich in das Wasser, das nun bereits wadenhoch stand. Sie hielt die Luft an und steckte den Kopf mit geöffneten Augen hinein. Als die Lungen zu schmerzen begannen, presste sie ihre Lippen fest zusammen, biss sich den Mund blutig, würgte und schluckte ihre Galle wieder hinunter. Noch immer hatte sie den Kopf unter Wasser. Der Körper zuckte in Krämpfen, rebellierte gegen den Sauerstoffmangel, wehrte sich in seinem Verlies. Sie wartete, bis sich der Spasmus gelegt hatte. Ihr wurde schwarz vor Augen. Da endlich riss sie den Kopf hoch. Ihre Haare wirbelten eine Mandorla aus Meerwasser empor. Die Lungen rissen die Luft an sich. Wienke hechelte.

Dann stand sie auf und ging zurück zum Ufer.

Das Murren eines mehrzylindrigen Dieselmotors wühlte sich durch die Stille des verhangenen Strandmorgens. Iven war noch nicht weit gegangen. Er drehte sich um und sah Peters' Pick-up, der die Außenböschung hinunterfuhr und auf ihn zuhielt. Iven machte kehrt. Als er an den Strand kam, sprang Perle von der Ladefläche und begann, schnüffelnd auf und ab zu laufen. Peters legte zwei Finger zum Gruß an die Schläfe.

»Er war oben im Haus und hat nicht aufgemacht. Erst als ich wieder gehen wollte, rief er aus einem der Fenster.«

»Wo ist sie?« Peters blickte sich nach Perle um.

»Ich weiß nicht. Ich dachte, wenn sie irgendwo ist, dann hier, wo der Deich brach.«

Perle jaulte, dann bellte er laut.

»Was hat er?«

»Er wittert sie.«

Der Hund lief aufgeregt ins Watt, schnupperte, drehte wieder um, kam zurück, drängelte.

Die Flut war weit aufgelaufen.

»Es bleibt nicht mehr viel Zeit. Der Priel schneidet ihr den Rückweg ab.«

Peters nahm das Abschleppseil aus dem Pick-up.

»Also los.«

Die drei Männer liefen Perle hinterher, dem kommenden Wasser entgegen.

Die Nordsee war jetzt überall, quoll aus dem Boden, lief aus allen Richtungen heran. Der Priel war überspült und nur noch an der braunen Färbung zu erkennen, wo die Strömung den Sand aufspülte.

Vor Wienke zog der Schlammstrom eine Schleife. Sie wurde vom Strand abgeschnitten. Sie begann zu laufen. Sie musste schneller sein als das Wasser.

Perle hatte die Fährte verloren. Das Wasser spritzte unter den Schuhen der Männer. Sie liefen weiter in die Richtung, die der Hund ihnen gezeigt hatte, der nun vor Angst winselte. Seine Nackenhaare sträubten sich. Sie ließen ihn zurück.

»Wienke!« Stens Augen flackerten. Er brüllte noch einmal.

Der Seenebel trieb auf die Männer zu, dicht wie eine Wand. In der dicken Brühe gab es weder Anfang noch Ende. Der Tag löste sich in Farblosigkeit auf.

Sten fluchte.

»Kehren wir um?«, fragte Peters ohne Betonung. Iven begegnete seinem Blick. Peters hatte hier draußen eigentlich nichts verloren.

»Ich nicht. Sten?«

»Ich komme mit.«

»Dann weiter.« Peters stapfte dem Meer entgegen.

Wienke konnte die Beine nicht mehr aus dem Wasser heben. Sie blieb stehen und lauschte in die Nässe. Das Land war nicht mehr zu sehen.

Dann begann sie zu singen. Ein schmales Rinnsal aus nur wenigen Tönen. Aber weder das Schlürfen des Wassers noch das Schweigen des Windes konnte es schlucken.

Iven hatte es zuerst gehört. Er hob die Hand. Die anderen sahen ihn an, lauschten. Da war es wieder. Aus der verwischten Ferne rieselte eine Stimme.

»Das ist sie!«

Wieder rief Sten Wienkes Namen. Der Gesang brach ab. Stens Name kam aus dem Nebel zurück.

»Sie ist hinter dem Priel.« Peters war weitergegangen.

Plötzlich löste sich eine Gestalt aus dem Nebel. Etwa zwanzig Meter vor ihnen stand Wienke. Sten lief, die Beine wie ein Storch hebend, durch das knietiefe Wasser auf den Riss im Boden zu.

»Peters!«

Peters fuhr herum. Er fing Stens Lauf ab, bevor er sich in den Priel werfen konnte.

»Warte. Wozu schlepp ich das Seil mit.«

Als Iven bei den beiden ankam, hatte Peters die Leine schon um Sten gezurrt. Aber er musste den Knoten noch einmal aufmachen. Iven bestand darauf, selbst rüberzuschwimmen.

Wienke sah die Männer. Sie hörte, wie sie ihren Namen riefen. Mit einem Mal war in ihr eine gähnende Leere. Und dann sah sie Iven vor sich im Wasser. Er kraulte durch den Priel. Die Strömung drängte ihn ab und zog ihn hinunter, aber Sten und Peters hielten ihn und wie an einem Zirkel zog er einen Halbkreis auf Wienke zu. In das Schweigen in ihrem Kopf zwängte sich etwas anderes. Wieder verschwand Iven unter dem Wasser und tauchte auf. Und jetzt war sein nasses Gesicht dicht vor ihr. Er richtete sich auf. An seinem Oberkörper brach sich das Wasser.

»Komm, schnell!«

Wienke folgte seiner ausgestreckten Hand, ergriff sie und lauschte doch auf das, was in ihrem Kopf widersprach.

»Halt dich gut fest!«

Sie spürte Ivens Griff um ihren Bauch und klammerte sich instinktiv an seinen. Dann ließ Iven sich wieder ins Wasser gleiten, das Mädchen im Ring seiner Arme. Das Seil straffte sich, Peters und Sten zogen.

Da wusste es Wienke wieder.

»Du hast meine Eltern getötet.« Sie löste ihre Arme. Der Strudel zog sie unter Wasser, zerrte an ihrem Körper. Iven hielt sie fest. Er trat in die Strömung und bugsierte sie langsam wieder nach oben. Doch er konnte ihren Widerstand nicht brechen. Mit jeder Sehne und mit jeder Muskelfaser sperrte sie sich gegen ihre Rettung. Jetzt bohrten sich ihre Finger in seine Hand. Iven fühlte den breiten Goldring. Er schnappte nach Luft, als die nächste Welle über ihm zusammenschlug. Jetzt war er unter Wienke. Sie drückte ihn hinab, hielt sich auf seinen Schultern. Iven boxte mit dem Kopf gegen sein Ertrinken. Er schluckte Salzwasser und spürte das Reißen der Leine in seiner Taille. Dann ließ er sie los. Er sah, wie ihr Körper im Wasser verschwand, und fiel in eine blaue Ohnmacht.

Als er wieder Luft bekam, war Peters über ihm und schlug ihm ins Gesicht. Sten hielt ihn unter den Achselhöhlen. Neben ihm stand Wienke.

»Los jetzt. Wir haben keine Zeit mehr.« Peters trieb sie zur Eile. Mit dem Wasser schlitterten sie auf dem breiigen Grund, so schnell es ging, dem Ufer entgegen. Sie gewannen Boden. Das Wasser um ihre Beine fiel. Sie waren schneller als die Flut. Und dann hatten sie die Wassergrenze erreicht. Der Nebel lichtete sich.

Sten fing an zu lachen. Ein hysterisches Kichern gelöster Panik.

65

»Das ist meiner!« Peters zeigte auf den Strand. Ein Auto kam ihnen entgegen. Es war sein Pick-up. Er hielt direkt auf sie zu.

»Wer fährt ihn?«

Der Pick-up stoppte. Pappe stieg aus. Er hatte die Walther in der Hand, die in Haiens Tresor gelegen hatte.

»Die hab ich ganz vergessen. Ich hatte sie mitgenommen. Für ihn.« Peters deutete auf Pappe.

»Sie lag im Handschuhfach.«

Pappe war jetzt nur noch wenige Schritte von ihnen entfernt. Iven stellte sich vor Wienke.

»›Also nahm das Gewässer überhand. Da ging alles Fleisch unter, das auf Erden kriecht. Das ward alles von der Erde vertilgt.‹« Pappes Stimme war weich und voller Sanftmut.

»Einsteigen.« Er trat einen Schritt zurück und lächelte liebenswürdig.

Weder Peters noch Sten rührten sich. Nur Wienke wand sich an Iven vorbei und ging auf Pappe zu. Die Waffe ihres Vaters zeigte auf einen Punkt in der Mitte ihrer Rippen. Pappe sah sie freundlich an. Sie gab ihm seine Uhr.

»Er will uns da einsperren und absaufen lassen.« Stens Gesicht war weiß wie Talg.

»Das Wunderbare ist die Geschichte, die sich selbst bewahrheitet. Sie werden sterben wie die Haiens. Eingepfercht in einem kaputten Auto.«

»Wenn sie im Auto gesessen hätten, wären sie nicht in St. Peter-Ording angespült worden.« Iven sah Pappe herausfordernd an.

»Ich muss mich bei Ihnen entschuldigen, Herr Johns. Sie haben Ihr Licht zu sehr unter den Scheffel gestellt.« Pappe machte eine einladende Geste in Richtung Autotür, verharrte aber plötzlich in der Bewegung.

Ein Schatten fegte über das Watt.

Der Hund war bis auf wenige Sätze heran und hatte nicht gebellt.

Pappes Arm mit der Pistole in der Faust schrieb einen ausholenden Schnörkel in die Luft. Der Hund flog die letzten Meter auf Pappe zu, die gelben Zähne gebleckt. Plötzlich prangte eine Rose auf seiner Stirn, spreizte ihre rote Blüte zu einem Fächer aus spritzendem Blut. Dann erst hörte man den Schuss.

Perles Körper schlug ungebremst auf den Sandboden, die Vorderbeine knickten unter dem Gewicht weg und der Kopf brach unter dem Rumpf zusammen.

Pappe stand unbewegt. Aus der Mündung der Pistole

ringelte sich Rauch, als hätte er sich eben eine Pfeife angesteckt. Die Hülse schwamm wie ein Fetzen Papier auf einem schwappenden Rinnsal.

Iven spürte den Stein kalt in seiner Hand. Der Hund hatte Pappes Aufmerksamkeit für Sekundenbruchteile abgelenkt. Der Blick auf den toten Perle lähmte jedoch jede Bewegung.

Wienke setzte ihren Gang zum Auto fort und stieg ein. »Jetzt du, Iven.«

Iven machte einen Schritt nach vorn, aber zeitgleich warf er den Arm in den Rücken und holte aus. Pappe reagierte mit einer winzigen Verzögerung. Er riss die Pistole herum, als Ivens Arm bereits nach vorne schnellte. Als sich der Schuss löste, hatte Pappe schon den Halt verloren. Iven hatte ihn zwischen den Augen getroffen. Die Waffe fiel in das Wasser, das bereits wieder Knöchelhöhe erreicht hatte. Pappe taumelte. Als er sein Gleichgewicht wiederfand, warf Sten ihn um und stürzte sich auf ihn. Er drückte ihn mit dem Gesicht in den Wattschlamm, das Knie in seinem Nacken. Pappe trat um sich und versuchte, sich aufzubäumen. Aber Sten ritt ihn wie ein tolles Pferd.

Iven und Peters standen daneben. Sie sahen dem Todeskampf zu. Wienke stieg wieder aus dem Pick-up. Niemand sagte ein Wort. Nur Stens Keuchen und das Geräusch spritzenden Wassers waren zu hören. Und dann die Stille, lauter als alles zuvor.

Sten blieb auf dem Leichnam hocken, bis Wienke ihm ihre Hand auf die Schulter legte. Dann stand er auf und ging allein zum Strand zurück.

Das Wasser kräuselte sich um Pappes Körper, dann überspülte es ihn und die auflaufenden Wellen striegelten die kleinen Wirbel glatt.

Peters hob die Pistole auf, kletterte in den Pick-up und ließ ihn an. Iven blickte zu Wienke, die Sten immer noch mit den Augen folgte. Dann wandte sie sich um, zog den Ring vom Finger und schleuderte ihn ins Meer.

»Ich will zurück.«

66

Wienke sprach nun nicht mehr von sich wie von einer Fremden.

Iven setzte sie vor ihrer Wohngruppe ab und gab ihr zum Abschied das Halsband der Möwe Claus. Dann wendete er. Im Rückspiegel sah er Wienke ins Haus gehen.

Peters und Iven hatten Pappes Leichnam auf den Pick-up geladen. An der Deichstraße stand noch immer das Polizeiauto. Der Polizist hatte seine bequeme Haltung nicht verändert. Er döste mit über die Augen gezogener Mütze, die Füße auf dem Armaturenbrett. Der leblose Körper rüttelte ihn vorübergehend aus seiner Gelassenheit. Nachdem der Beamte aber auf Pappes Schreibtisch ein Gedicht entdeckt hatte, das seinen Verfasser als lebensmüde auswies, fand er seine Gemütsruhe wieder. Am nächsten Tag stand die Geschichte von Pappes Selbstmord im »Husumer Tageblatt« und wurde damit wahr.

Am U-Bahnhof Berliner Tor hielt Iven auf der Busspur und kaufte Blumen für Iris. Er bezahlte mit einem Hundertmarkschein.

Die Straße, in der er wohnte, grüßte ihn mit unerschütterlichem Gleichmut. Nichts hatte sich verändert. Dieselben parkenden Autos, die ersten Nutten, der kaputte Zigarettenautomat. Ein Straßenfeger zeichnete mit seinem Besen Wellenkämme auf den Bürgersteig. Ein Sozialarbeiter auf der Suche nach Wienke war vom Slowaken abgewimmelt worden.

Iven fuhr den Passat auf den Hinterhof des Nachtclubs und stieg die Treppen zu seiner Wohnung hoch.

Das Zimmer muffte. Er stellte sich in die Mitte des Raumes und schüttete die Plastiktüte aus, in die er seine dreckige Wäsche gestopft hatte. Aus der Gesäßtasche seiner Jeans ragte das Gruppenfoto der Freiwilligen Feuerwehr. Iven zog es heraus und sah sich in die fünfzehn Jahre jüngeren Augen, nickte Peters zu und Niß. Bei Carsten zögerte er.

Nachdem Peters das Dorf evakuiert hatte und Niß ohnmächtig geworden war, ging in der führerlosen Gruppe die Befehlsgewalt an Carsten als Maschinisten. Iven musterte die anderen Männer. Jacob Mayen, Detlev Wiens und Marten Fedders. Niemand von ihnen hätte die Unterlassung eines Befehls durchgesetzt. Carsten hingegen war skrupellos genug und mit allen Wassern gewaschen. Nicht zuletzt war ihm vielleicht auch noch Ann Grethe als Belohnung gewährt worden.

Der Kaffeegeschmack zog den Speichel in Ivens Mund zusammen. Er ging ins Badezimmer und putzte sich die

Zähne. Dann steckte er das Foto zurück in den Zeitungsstapel und lüftete.

Die Sonne hatte ihre Position über dem Hochhaus bezogen. Iris überquerte die Straße. Er nahm den Blumenstrauß und ging ihr entgegen.

Der Verlag Kiepenheuer & Witsch hat sich zu einer nachhaltigen Buchproduktion verpflichtet. Gemeinsam mit unseren Partnern und Lieferanten setzen wir uns für eine klimaneutrale Buchproduktion ein, die den Erwerb von Klimazertifikaten zur Kompensation des CO_2-Ausstoßes einschließt. Weitere Informationen finden Sie unter www.klimaneutralerverlag.de

FSC www.fsc.org
MIX
Papier | Fördert gute Waldnutzung
FSC® C014496

1. Auflage 2023

Covergestaltung: Barbara Thoben, Köln
Covermotiv: © Owen Humphreys / PA Images / Alamy Stock Foto
Gesetzt aus der Aldus und der Kiona
Satz: Buch-Werkstatt GmbH, Bad Aibling
Druck und Bindung: GGP Media GmbH, Pößneck

ISBN 978-3-462-00432-8